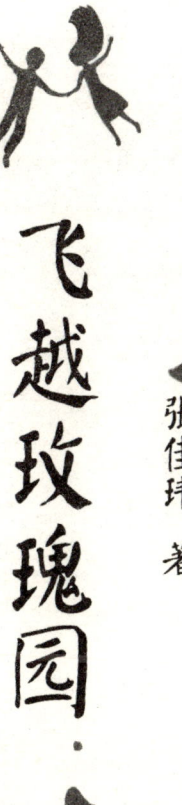

飞越玫瑰园

张佳玮 著

北京联合出版公司

图书在版编目（CIP）数据

飞越玫瑰园 / 张佳玮著. -- 北京：北京联合出版公司，2017.4
 ISBN 978-7-5596-0065-3

Ⅰ. ①飞… Ⅱ. ①张… Ⅲ. ①传奇小说－中国－当代 Ⅳ. ① I247.5

中国版本图书馆CIP数据核字（2017）第068044号

飞越玫瑰园

作　　者：张佳玮	选题策划：盛世肯特
出版统筹：柯利明　林苑中	特约策划：夏　莱
责任编辑：夏应鹏	特约校对：雕龙文化
装帧设计：王書纪	版式制作：翟程程
营销推广：姜　涛　刘　源	责任印制：张军伟　付媛媛

北京联合出版公司出版
（北京市西城区德外大街83号楼9层　100088）
北京兴湘印务有限公司　新华书店经销
字数160千字　880毫米×1230毫米　1/32　7.5印张
2017年8月第1版　2017年8月第1次印刷
ISBN 978-7-5596-0065-3
定价：39.80元

未经许可，不得以任何方式复制或抄袭本书部分或全部内容
版权所有，侵权必究
本书若有质量问题，请与本公司图书销售中心联系调换。电话：010-57892599

目录 contents

001
第一部
玫瑰园

依靠着语言和思维的力量,他们玩着文字游戏,初次与成人的世界相对抗,于是逼近了那不可与闻的深处,那蕴藏着浑厚秘密的玫瑰园内部,那阴影笼罩、香气流溢的世界。

089
第二部
首都

年轻的男子们刻意蓄着胡子,披着对他们而言过于庞大的甲胄,提着从未上过阵的戈矛,脸上激动的红晕,像醉酒的夜晚,正与美女情话绵绵。

207
第三部
夏之午间

紫色的烟雾四散,我和若闭着气不断逃避着紫烟的追赶。花朵和火焰相得益彰地拥抱缠绕着,在夏季午后的阳光下看来,玫瑰园的火焰堪称辉煌。

231
后记

我想写一个神话故事,或者可以称为一个纯粹的幻想。

第一部
玫瑰园

依靠着语言和思维的力量,他们玩着文字游戏,初次与成人的世界相对抗,于是逼近了那不可与闻的深处,那蕴藏着浑厚秘密的玫瑰园内部,那阴影笼罩、香气流溢的世界。

飞越玫瑰园

外婆以及玫瑰园　之一

若初次暗示十七岁的我吻她的那个夏季午后，我的外婆番红花吸取了玫瑰花瓣燃生的烟雾，变成了白云，飘散在天空中。

我的朋友罗望子沿着弧形海岸线，朝我和若藏身偷吻的香子兰丛飞奔之时，我外婆化成的白云正在他头顶，随风流动。从若的肩头向后看去，透过她泛白檀味的飞扬发丝和掩映的香子兰丛，我看见了罗望子的身影、他背后波光粼粼的大海，以及海天相接之处，那些飘流的行云。

我和若的浅吻，就这样被罗望子踏沙而奔的步声，以及他带来的坏消息，匆匆惊散了。

沿海岸线回家时，罗望子因为奔跑和叙述而干渴，口中咳出飞沫，仿佛潮汐线；若则沿途拾起贝壳投向大海。周而复始的潮汐声灌洗我们的耳朵。后来许多次忆起此时，若都坚持说，归程中她拉了我的衣袖四次，而我对此毫无印象。为了解释我当时的懵懂，我告诉她：在那个夏季午后，色彩如同温暖橙汁般的夕阳照着我时，我在内心，敲钉子般地下了决心：

我要翻过篱笆墙，闯入镇上的禁地玫瑰园。

外婆的追悼会在她化为白云的翌日举行。在我家门前的空地上，

第一部 玫瑰园

三十一个客人围在五张桌子旁,吃掉了两缸腌海鱼干、四大锅用海贝汁和虾肉一起熬的米饭,喝掉了十七瓶兑了姜汁的葡萄酒。出于约定俗成的惯例,本镇的首席领导、尊贵的镇长大人赏光莅临:作为政府在本镇的代表,他在象征葬仪的火上浇下了葡萄酒;稍后,作为宗教在本镇的代表,他又一字不差、声高气朗地背诵了一段经文。他老人家风度俨然,获得了大家的称赏。出于兴奋,镇长又即兴演唱军歌一首,显示他没忘记当年的军旅生涯。曲至一半时,中等身材、略微发胖、已开始谢顶、下巴刮得一片瘆青的镇长被夏季的炎热蒸出了自己的衰老,脱去了外套,松开了衬衣的领子,挥汗如雨,以至于横贯他额头的那条疤痕,都开始微微发红。他的歌声,或者说,他的卖力,获得了客人们的一致掌声。那时节,我穿着母亲用麻织就的衬衣,坐在屋顶上。为了保持平衡,我用左手扶着烟囱。在那里,对着夏季阳光眯起眼睛的我,看着我的父亲肉豆蔻:他正用扇子扇动着烟囱中腾腾冒出、熏得我们父子睁不开眼的浓烟。

我说:爸爸,我要闯进玫瑰园去。

很久之后,另一个午后,左脸长了颗痣的罗望子在我面前,不无炫耀地展开他那只刷成橙色的木箱,让我观看他的收藏。我看到锈了的大头钉、布满铅笔字数学公式的练习本、蝴蝶的翅膀、泛着黄昏天空般色泽的珍珠项链、断了半截的蓝色蜡笔、订书机、鱼头骨制成的镊子、合欢花的花瓣、风筝的线轴。在这些时间的灰烬之下,积压着一本红色封皮的手册。这是镇政府被搬空的那一天早上，罗望子从镇长大人的抽屉中，连带镇长大人的墨水瓶、镇纸和锡酒杯一起顺手牵羊而来。翻开手册，便看到镇长大人训练有素的字迹，记录着他管理本镇期间的桩桩件件。

在第四十七页"居民死亡记录"那一页上，有一行死因是："吸烟后化身为白云飞腾而去（本地观感，科学性待考）。"其下一大堆名字里，最后一个就是：番红花。我的外婆。

这个记录无意间昭示了：我外婆逝去，实为本镇里程碑的事件。她的逝去，意味着某种死亡（消失？）方式的消失。一个人的消失意味着他消失的方式从此消失，听起来煞是拗口……我对此问题悬想了几秒钟，随即将之抛开。

手指沿着手册的线向上划去，我看到这条死亡原因下列名的第一个人，叫作玉蜀黍。

玫瑰园与记忆 之一

我们这一代人都知道镇上的玫瑰园，被篱笆围绕的玫瑰园；然而，没有一个人可以翻越篱笆，近距离看到玫瑰花，更遑论亲手接触了。

按照母亲的说法，我第一次看到镇上的玫瑰园，是出生后第十四天。

第一部　玫瑰园

我出生十四天后，我健壮的母亲迫不及待地下床，搂着我在镇上巡行，像一只孔雀展开它的尾羽，骄矜地接受众人目光的朝拜，唯一的区别是雄孔雀才展示尾羽，而我母亲则更希望通过炫耀我，让她的雌性本色广为人知。春天的阳光被树荫剪裁，在我的脸上片片摇摆。母亲的脚步踏过香子兰丛，踏过镇上的大道，跨过低矮的篱笆，在镇中心的玫瑰园旁站住。母亲说，那天的阳光明亮温和，所有的玫瑰花都在园中静默，好像阳光让它们想到了自己的前生。

我对此毫无印象，只好任母亲叙述。母亲说，那时节，玫瑰园的周遭还围着篱笆。那些高可及腰的篱笆，无法阻拦那些妖艳烂漫的玫瑰花探头探脑。我刚端详过十四天世界的目光，无知无识地看着那些殷红的花朵。母亲说，那片花海在风里摇曳，洋溢着莫可名状的美感。其声犹如潮水。玫瑰花海的阴影布满大地。

但事后证明，她这些话与她的其他回忆一样没谱。根据其他人的回忆，我出生十四天时，玫瑰园的篱笆已经比我家的烟囱都高了：那时我的母亲，根本无法看见玫瑰园的全貌。

我们镇上每一个当了父辈的人物，记性都差得要命。若非如此，我父亲也许会记得一个故事：多年以后看来，那像是个意味深长的伏笔。十二岁那年，我与若在玫瑰园外徘徊。那时的篱笆已经筑得高及树梢。玫瑰花的轮廓在篱笆间隙若隐若现，仿佛舞女裙摆下闪现的肌肤。我跑回到父亲身边时,他正因第十六次输掉棋而学乌鸦叫。在此之前,他已经学过了狗、猫、猪、马、狮子和海鸥等多种动物的叫声。在看到我的时候,他显出一丝羞惭。在场人数不多于两人时,大多数人都会没心没肺;大多数羞愧,都是因为有第三双眼睛在场。

"动物的叫声是美好的。"拉着我回家时,他此地无银三百两地说。

"可是乌鸦的叫声不好听。"我说。

"那是因为你还太年少。"他说,"像我一样听二十九年,你便会觉得,乌鸦叫也不错。"

"那么我也许就不该再活二十九年。"我说,"我应该在喜欢乌鸦叫前死去,像个勇敢的水手。"

父亲警惕地看了我几眼。

"不要和那些水手走得太近。他们显得很勇敢,不畏死亡,拿死亡开玩笑。可是遇到动刀子的时候,他们比谁都怕死。如果他们不怕死,不懂得逃避危险,他们不可能活到现在。他们开玩笑,也只是想减轻死亡的阴影罢了。"

"我没有和水手们混在一起。"我撒谎说,"我只是看他们的地球仪罢了。"

"那不错。"他说,"你不像我们这样当了爸爸的人,什么东西都会转眼忘掉。你该记住每个岛、每座山。然后你去世界上任何地方,都不会迷路了。"

第一部　玫瑰园

"在去世界上任何地方之前,"我说,"我要先去玫瑰园。"

父亲站住了脚,低下头看着我。他的脸背着阳光,胡须像毛森森的落羽杉叶,在风里抖动。我看不清楚他的表情。

"你要去哪里?"他问。

"玫瑰园。"我说。当时十二岁的我,用我所能想象的最潇洒的姿势,遥望远方。大海的潮声在我的目光之下荡漾。

一如往昔,第二天,父亲把这一切都忘记了。一大早,他又抱着棋盘,去寻找若的爸爸。我趴在窗台上,看一只紫色的蝴蝶破茧。父亲踏着阳光小径出发时,我喊了一声:

"今天,你不要学乌鸦叫了!"

"我什么时候学过乌鸦叫?"他头也不回地答道。我只好笑了一笑,继续观看蝴蝶。刚破茧的紫色翅膀上,银色的斑点正在阳光下熠熠生辉。

玫瑰园与记忆　之二

镇上我们这一代人成长的岁月之中,即,从我记事开始,到我十七岁伙同若一起闯下弥天大祸之前,少年们的娱乐选项并不多。在窗下倾听藏红花老头和龙舌兰老太太这对老夫妻的对话,是我们最好的消遣。

通常在午后时分,我们——包括我、我的好朋友罗望子、罗望子的弟弟辣椒,以及若——来到藏红花和龙舌兰夫妇的石头屋子外,踏平窗下的草丛,一一排坐。美丽的若习惯拈起一片草叶,将之扯成一段一段。肥胖的罗望子不断地调整着自己的屁股,以期获得最舒适的姿态。辣椒则心不在焉地望着远处,仿佛他只醉心于阳光和海洋,以及飞翔的鸟儿:任何一种鸟都可以让他着迷。

龟裂的海堤上,杉树叶片无助地被风吹拂,不断跑过的小猪与野狗,都被潮汐追袭,永远湿淋淋的。少年时期,我们可以这样蹲一整个下午。罗望子和辣椒甚至有过不大光彩的经历:他们不舍得离开,直接朝着窗下的花圃进行小解。后者在初次小解时,屁股挨了若一脚,之后直到他死去,每次辣椒小解时,都要宣称:自己难受得像在宣泄盐粒。

"女孩子朝一个小解的男孩屁股上踢一脚,"辣椒说,"她脑子里就没有害臊啦矜持啦温柔啦之类的事!虽说,九岁的女孩子,还不懂得这一脚会让我这样十一岁的男孩子终身受苦,但一个淑女绝不会这么做啊。"

屁股挨踢后,扑面着地、带着满脸泥巴回家的辣椒,遭到了父母不问青红皂白的责打。在少年时期一度爱向若献殷勤的他,从此完全改变了态度。很多年后,从那个橙色木箱里,罗望子掏出一艘木制帆船模型给我看。

"是我的弟弟辣椒做的,本来,他是要亲手送给若的,在她十岁生日的那一天,"早熟的罗望子说,"可是那件事,彻底改变了我弟弟对她的印象。事情发生的那天晚上,我的父亲挥着赶猪用的棍子抽打他的屁股。家里的猪听了他那夜的叫声,吓得大小便失禁,第二天早上,还有三只母猪被发现流产了。"

事后想来,这是若第一次展示了她不逊色于男子的泼辣直白。

在我们窗下偷听的岁月里,仿佛永远不会醒来的藏红花大爷整天整夜说着梦话,声音响亮。由于肥胖,他的声音夹杂着轻微的呼噜,就像潮汐声中夹杂着轻微而短促的海鸟叫。如果去除磨牙、打呼噜、咳嗽、呓语、无关紧要的斥骂———部分是针对他的老妻龙舌兰——藏红花大爷的梦话故事堪称迷人。我们痴迷地蹲在窗下,聆听着他不断撕碎自己的梦境,从嘴里吐出来,那些故事扭结成一股一股明亮的水流,映射着光怪陆离的色彩。与之相对应,患有严重失眠,几乎从来不睡觉的龙舌兰老太太,则以反驳她的丈夫为乐。

"那个北方来的人穿着紫色花袍,提着灯笼,将长长的头发束在一起。他的胡须经过修剪,像花园的草一样整齐。他吸了一口烟,又吸了一口。他的身体就变透明了。他的花袍的紫色变淡了。啊,多么伟大的植物。他说,吸一口,就能变轻。后来,他被风吹走了。他还没有变成白云,他只是太轻了。即使插了翅膀的骆驼,都无法追上他。风是无处不在的。斜帆和三角帆都需要风。那个人嘴里冒着烟,朝着西边飘过去。他的头发都被吹开了。他的头发像阳光一样透明发亮。飘在空中,他还在跳舞。他以为自己是船长。只有一个船长才能在旅途中跳舞。"

藏红花大爷的梦呓犹在继续,他肥胖浑圆的肚子像被风鼓吹的帆一样在床上起伏。旋风一样在屋里来来往往做家务的龙舌兰大婶,恨恨不已地回应着:

"你记错了。那个北方来的大胡子总是穿着月白色的衣服,点着蜡烛,每到夜晚就在镇上晃来晃去。他牵着三条狗和七只猪,据说三条狗是他的妻子变成的,七只猪是他的儿子变成的。他受了诅咒,悲痛欲绝,所以才要抽烟来解闷。他飘走的那天吓得大喊大叫,三条狗和七只猪咬着他的靴子,可是他还是飞走了。那一天是你第一次给我送鲜花和鱼汤的日子,我怎么会忘记那么倒霉的日子呢?你送的鲜花第二天就枯萎了,你送的鱼汤第二天就馊臭了。你在我的卧室里躺到天亮,当着我爸爸的面扬长而去,害得我被爸爸骂了一天。我把鱼汤摔到海里的时候,还能看到那些狗和猪跑过来,想闻那些发臭的鱼。就像那些水手喝醉了酒,总是把脸凑在我盘过的头发旁边。"

听这些故事的时候,若总是把头略微朝向我一侧。故事听倦了的时节,她会把头靠在我的肩膀上,睡个午觉。在我的记忆中,从五岁开始,她的头发里就有了白檀的香味。八岁的时候,她侧过来的头发上有了镶嵌珍珠的发卡和海星制作的挂坠。十二岁的时候,她的脖子变得修长而纤细,像一条鱼的尾端一样优美,在耳端与发际交汇处,还能看到由春日阳光生发的、细致的汗滴。十四岁的时候,她的鼻梁开始显得纤细而美丽,她的脸颊开始有了一层明亮的光晕流动,她的嘴唇开始有了胭脂红染料一般柔和的色泽。十五岁的某一天,在罗望子与辣椒表情复杂的凝望下,我将嘴凑上了她的额头。龙舌兰大婶的叙述补充了我未完成的记忆。她后来说,那天午后,她听到窗下一声巨响,以为是夏日的海风吹落了什么。她打开窗子时,看到我倒在地上,左脸一个硕大的掌印。罗望子和辣椒正在用艾叶不得要领地为我扇风。我养的猪——我给它起名凤尾鱼——正在旁边大唢花圃中的黄皮肉瓜。而远处,在布满银币般叶影的香子兰林荫道上,若正在不断地跑着。龙舌兰大婶不知道,她刚遭受了我突然袭击的亲吻,于是还了我一个耳光;只是说,看她的架势,像是急着穿越大海,去扑灭一场焚尽世界的大火似的。

为什么我们爱偷听藏红花与龙舌兰的对话呢?因为,在我们年少时,没什么其他的故事来源。远航来的水手们酒醉后,总是炫耀他们的祖谱。那些像树枝一样盘根错节的家族历史,在那些册子里蔓延生长。他们在勾引本地的少女时,如此讲述他们家族的古老故事:那些泛着金币的光泽,事关匕首、毒药、盔甲、丝绸、美酒、首饰、骏马的传说,总能让本地的女孩们——尤其是若那种瞪着双单纯的眼睛、相信一切神话的傻姑娘——尖叫着对他们表示仰慕。

每逢这个时候,辣椒、罗望子和我只能远远站着,那时还是小乳猪的凤尾鱼趴在我的肩上。我们有些羡慕:我们没有历史可以讲述。我们的父母不曾向我们讲述过久远的历史。我们只能从藏红花和龙舌兰的反复吵嘴中，略窥出某些过去。比如，镇长就职之前的传说；比如，我的父母如何趁血气方刚时，在树林里练习拥抱和接吻……

我们所接受的历史分为双面。一半明亮而破碎，存在于长辈们反复的争吵与梦话中；一半幽暗，是由明亮的那部分映衬出来，却暧昧不明，似乎将永远沉浸在尘埃里。

我们好像生活在一个集体失忆的镇上。我们的父母永远都不会告诉我们过去。因为他们的记忆凝结在了某一个点，某一天，我们出生之前的某一天。在此以前的记忆，似乎已不存在。事实上，全镇所有的成年人，似乎都只记住了那一天。那一天之前的记忆已成空白，糟糕的是，此后这些年的记忆，也时不时被他们遗忘。这种遗忘的力量之大，令我父亲对于钥匙的存放地、今天是星期几、我的生日是什么时候、我已有几岁等问题，也常显出懵懂未知。偶尔遗忘的力量过于强大，在未经我提醒前，他会忘记我是他的儿子。他对现实的记忆如此淡漠随意，对那个我尚未出生的日子却印象深刻。在我们镇，这个奇特的定律，唯有三个人可以避免。镇长大人从来不说过去，但事后证明，他将一切都记得一清二楚。而藏红花和龙舌兰夫妇，似乎是唯一记得清楚本镇历史的人，至少在梦话与争执中是这样的。所以，当我们这些少年想在这个遗忘之镇上，了解些更远的往昔，只好偷听他们的争吵：大多数时候不得要领，但偶尔，能够直插到黑夜般的久远记忆中。

第一部 玫瑰园

父亲的往昔 之一

关于那可纪念的一天，那永远盘桓在我父亲脑子里的唯一的一天，我的长辈们唯一记得住的一段历史，我的父亲是如此对我诉说的。

记忆的开始是一个春天的早晨，那时我的父亲也是十七岁。睡梦里他看到三条鱼在天空中飘荡。后来，一阵玫瑰花香铺天盖地地涌起，天空中的云与鱼都变成了玫瑰花瓣的样子，漫天玫瑰色。

他醒了。睁开眼望见的第一个东西，就是他的房东太太番红花：几年后，她成功地把自己的女儿嫁给了我父亲，自己也就成了我的外婆。这天，后来将成为我外婆的番红花，将一个黑色花瓶搁在桌上，花瓶里插着一朵玫瑰花。

"如果你不想错过看热闹的机会，"我的外婆番红花说，"那就快点儿起床吧。"

那是一个温暖的春日清晨。我的父亲肉豆蔻记得那一天的预定安排。上午是新镇长的就任仪式，下午则是镇长的婚礼。这一切已被书写入请柬，搁在镇子每一家的桌上。他喝了我的外婆番红花熬的鱼汤，从窗口望向外面蔚蓝色的大海。沙滩上正有一群穿着制服的军人，铺开婚礼的红毯。一群猛犬在他们身旁绕圈，看到潮水奔来就夹着尾巴逃开了。

"玫瑰要结婚啦。"我的外婆番红花说。她说的是当时镇上最美的女孩玫瑰。

"希望她幸福。"我的父亲说。

"我怕她不会幸福。"我的外婆说,"她前天来找我时,哭得眼睛都红肿啦。她用了各种办法想证明自己能够获得幸福。掷硬币、扯花瓣、扔石头,可是一切的证据都证明她将迎来不幸。那天她来的时候,我们家的猪都惶恐不安地尖叫。"

"那不过是世界上又多了一个不幸的人。"我的父亲说,想显得久历世事的样子。但这话显得很冷酷。我的外婆张着嘴看了他一阵子。

"你说起话来像一个魔鬼。"她压低声音说,"像那个新来的镇长。"

"我们都是活生生的人。"他说,"魔鬼只是老太太们编造出来的看不见的东西。你们所说的魔鬼,只是那些拥有恶和力量的人。"

我的外婆发觉在这个早晨,她无法驾驭我的父亲。她为此深感难过,把自己锁在了房间里。我的父亲,喝光鱼汤后,穿好衬衣和外套。他看向桌上,发现我的外婆收起了那个黑色花瓶,连同那朵玫瑰花。

他踏出家门时,发觉玫瑰香气氤氲在整个镇子的上空。穿着衬衣和皮鞋的镇子居民,彼此颇有默契地打量。大家三三两两地向镇政府的方向移动。趴在窗台上的猫、狗和猪们呆呆地望着人流。横穿全镇的大道一直通到镇政府,镇政府之后则是海滩。我父亲拉住了他的好朋友萝卜——辣椒和罗望子的父亲——问道:

第一部　玫瑰园

"玫瑰真的要结婚了吗？"

"是的。"萝卜说。

"她的未婚夫呢？她和玉蜀黍的婚约呢？"

"他不会出现了。"萝卜说，"玫瑰会顺利地结婚的。我母亲昨晚梦见了三条鱼在天上飞。她认为这表示一切顺当。不会有岔子的。"

我的父亲被三条鱼在天上飞的梦境吓了一跳，但他羞于谈论这个话题：他不乐意自己显得迷信。

"我感觉玉蜀黍还活着。"我的父亲说，"他会回来带走玫瑰的。"

"像航海家、剑客或者骑士一样带走玫瑰吧！"萝卜说，"好了，我们如果不胡思乱想，走快一点儿，还来得及去镇政府门前喝葡萄酒。你知道，镇上有老龙舌兰这种千杯不醉的馋老太婆，我们永远不能掉以轻心。"

"玉蜀黍是谁？"聆听故事的我插嘴问。

"玫瑰的未婚夫。"我的父亲说。

"他为什么会失踪呢？他是什么样的一个人呢？"

我的父亲用淡漠的眼神看了我一眼。

"很遗憾。"他说，"关于他的一切，我已经都忘记了。我说过，这是我记忆的开始。这一天之前的一切，我们都忘了。遗忘很伤人。我们只能回忆起他叫玉蜀黍。他是玫瑰花的未婚夫。关于他的一切，我们已无从忆起。"

被油漆刷成红色的镇政府大门前,他们看到了七个并列的酒桶。一如预测,龙舌兰老太太——当时还是龙舌兰大妈——高踞在装有葡萄酒的大桶上牛饮。多沙的地面上铺开了几十张绒毯。居民们坐在绒毯上,老人们用手指调整帽檐的角度,以抵御阳光刺目。少女们用杯子互相传递着加有薄荷和青色香子兰树叶的甜酒。那个清晨天气晴朗,平时偶尔扬起的沙尘无影无踪。在镇政府高高的门楣上,敏捷的军乐手们端坐着,用年轻人无忧无虑的天真吹奏着曲子。

"那是什么?"我的父亲问,用他的鼻子朝镇政府旁晃了一晃。

"噢。"萝卜说,"那些当兵的,在建造绞刑架。"

那些穿着灰蓝色制服,俨然冬天大海般的军人,在镇政府旁的空地上制造绞刑架。这是镇长大人后来令人众所周知、当时看来很是诡异的爱好:镇政府的绞刑架树立在了他的办公室窗下,以方便他为全镇人民劳心费力工作之余,可以一开窗就看到他用以慑服居民的武器。

镇长大人在镇政府二楼的办公室中推开窗户,站上阳台。穿着一身礼服的他被春天近午烂漫的阳光所困,满头大汗。他那位身为男性但身段摇曳多姿的秘书,自身旁不时递来手帕,以保证镇长不至于因汗珠而满脸泛光。镇长没有刻意去遮掩额上那条疤痕,我父亲对此颇有好感。

"今天,"他说,"是一个很重要的日子。作为,新的帝国,委派的,新一任镇长，我，很高兴，能够领导这个镇的居民，开始新的生活。我们，将会过上比以前更好的，生活。我们要，将以前的制度，悉数改革。我们，将不会再以绞刑架，来主宰生活。我们要，依靠我们自己的精神、美德、智慧，来使生活中的矛盾消解。通过公正、宽容的法令，来使大家的生活，平静而有条理。这一切，都将是，指日可待的。"

有掌声。我的父亲和萝卜趁人不注意，用杯子各舀了一杯果酒喝。靠海的方向，灰色的海鸥群呼啦啦地飞过。几只麻雀呆呆地站在镇长头顶的棕色屋檐上，像草莓酱里点着几摊墨水。军人们拆绞刑架的声音。

"今天，作为我就任镇长的，光辉日子。我将传达新帝国政府的一项法令。帝国规定，在不违背，帝国法律的前提下，委派在各镇的镇长，职责为终身制。而新任镇长，即本人，身为帝国刚卸任的元首，本镇的新镇长，在为居民服务的义务上，自然责无旁贷。为了改善居民生活条件，使镇子得到更好发展，在与法律不冲突的前提下，本人可以制定镇居民须当遵循的法令，来改善各镇的居民关系。我希望大家能够明白。我，作为，一个退伍的军人，一个前政府元首，一个曾为了新帝国，奋战于高山与大海之间，与无数的海盗、叛军、强盗、土匪、投机倒把的商人、巫师、妖魔、窃贼做过斗争的老军人，有着丰富的、管理军队的经验。我了解生命。啊，我了解死亡。我了解一个逆境下的人，该如何去生活。我了解纪律的重要性。现在，我将颁布一项新的法令。请大家听好。这是本人作为镇长的第一项法令。在我有生之年，它将长存于我镇的法令中,直到有一天我被裹上雪白的尸衣,塞入铜制的棺材,被放到大海深处与乌贼为伍。我想大家都知道,本镇最美丽的观赏景点,是位于海滨的玫瑰园。为了保证这一盛景,即本镇的象征保留完整,请大家注意,我的法令是:

"从今天起,以本人宣誓就职镇长仪式的结束为开始,严禁任何人,以任何名义,翻越镇上玫瑰园的篱笆。"

"他说什么?"萝卜一口气喝干了一杯酒,回过头来,狐疑不定地看着我的父亲肉豆蔻,"我有没有听错?"

"他说,不允许翻越玫瑰园的篱笆。"我的父亲说。

"我开始喜欢这个胖子了。"萝卜说,"他很会开玩笑。虽然他说话的方式,像个令人不快的国王。"

完全理解这一项法令,花了本镇居民很长时间。直到他,我的父亲肉豆蔻,以及全镇居民明白这项法令并非玩笑,并咀嚼到其中苦涩时,已是多年以后了。那一天初闻此项禁令时,弥漫全镇的玫瑰花香,无意间成为那一代人回忆起那一天的记忆注脚。像一首诗歌的尾韵。余韵飘荡。

依然是那个略嫌炎热的春天上午。镇长的发言如此无聊,以至于在他老人家颁完禁令后,不无拖延地拭头上汗珠时,居民们尴尬地面面相觑,寻找着一个可效法的对象,以便确认自己反馈的尺度。军人们的

第一部 玫瑰园

眼珠像鹰隼一样,执着地望着远方。被拴起来的牛们听天由命地摇着头。鸡、鸭和猪在街头肆无忌惮地走来走去。这一天如此特殊,玫瑰花香如此浓郁,家禽们那平日令人难以忍受的骚臭,都消失得无影无踪。玫瑰花香氤氲的时间漫长得,让人快要误以为花香是世界的一部分,一如大海的蔚蓝色、流云的白色。趴在门楣上的小子,将短笛凑到了嘴边。

乐队奏起了一首赞颂春天的拙劣曲子,算是为全镇居民与镇长解了围。我的父亲听到周遭人等"吁"的一声长叹,继之以例行公事地拍巴掌。镇长也礼尚往来,表现出适度的感动。他用政治家派头十足的姿态,对大家挥动右手。"今天将是狂欢的一天。"他说,"我们将开始文明、秩序、繁荣的生活。新帝国的军队、法律将为大家带来前所未有的便利,为大家的生活带来财富和荣耀。在下午两点之前,大家可以尽情地享受这儿的美酒和美食。因为下午两点,我将在海滩上,举行庄严的婚礼。"

"他说话的方式不只像个国王了。他简直像个皇帝。"辣椒的父亲萝卜说。

"有区别吗?"我的父亲问。

"有。"萝卜说,"国王讲话的时候还顾虑上天与命运等存在,多少有些敬畏。皇帝本身就是至高无上的。他不敬畏任何东西。"

无论如何,那是值得怀念的一天。纸醉金迷的一天。门楣上的少年吹着短笛,人们肆无忌惮地饮酒。萝卜和我的父亲在沙地上摆好了棋盘。他俩的朋友猫头鹰和一个石头般敦实的男人掰腕子。猫头鹰的朋友浣熊则把一个酒桶弄翻了。已经喝醉的他扑在沙地上,连酒带沙子地吸吞着漫延的酒液。多年以后,每到阴天就肚子疼的他,坚信他的肚子里有无数蚂蚁在建筑巢穴。藏红花老头——那时节,他还未曾陷入那充满呓语的睡眠,经营着镇上最漂亮的一个酒馆——企图阻止自己老婆的滥饮,而撒酒疯的龙舌兰甩起肥厚的巴掌,朝藏红花老头的头上噼里啪啦地拍打。在这欢声笑语当中,我的父亲却始终心不在焉。他不断地输棋,心神不定地看着镇政府在太阳下的影子越来越短。正午正在逼近。接着就是午后。

会发生些什么吗?他想。玫瑰马上就要嫁给镇长了。玉蜀黍呢?他不会出现吗?

很多年后的今天,镇上的每个少年都听父母说过玉蜀黍这个名字。然而,这就是我们对他的全部了解。他是谁?他和镇长夫人玫瑰是未婚夫妻吗?直到那一天,全镇人的记忆中都有他,说明他以前是镇上的一员。然而,老一辈无法记起这一天以前的事。于是,玉蜀黍是谁,他做过什么,这一切抛失在遥远的记忆之中。那些记忆已经随风逸散,不复回归。

我的父亲眼看着所有的影子在沙地上越来越短,太阳终于到达头顶。为了驱散炎热,他把衬衣纽扣解开了。接着,他又走了一步错棋,满盘皆输。等候萝卜摆棋子时,我的父亲抬头望到了远方的大海。浩荡

第一部 玫瑰园

的蓝色和白色错杂着关于永恒的概念。海滩上,军人们正铺开一张巨大的紫色地毯。

我的父亲说,他永远记得那一天的大海。我的外婆收起了黑色花瓶和那朵玫瑰花,但他与全镇的人都沉溺在布满全镇的玫瑰花香中。阳光一片片被树荫切割,像飘荡的羽毛。他的棋子正被骑兵和步兵围剿,步入死地。而那片蓝色的水域,那些不断起伏幻灭的浪潮,那些阳光晶莹斑斓的摇曳的点,那些灰白的盐屑,生灭不休。大海的声音宏伟至极,天空的倒影垂挂着。那更远的水域被天空和流云永恒划切阻断。这和天空匹敌的恢宏之水,在一次次的回忆中,都提醒着他何谓无限。那是不被限制的、广阔的、容得下天空影子的一切。玫瑰花香的尽头在哪里?天空的影子会悬挂到何处?他不断地如此想着。

然后,他又一次被将死了。

美丽的女主角玫瑰,本镇当时的第一美人,镇长预备迎娶的对象,终于在午后一点时款款登场。她穿着一袭雪白长袍,从镇政府敞开的大门口,踏上了从海滩一直延伸到镇政府的紫色丝绸地毯上。她披散的长发光可鉴人,脖子间挂着珍珠项链,手腕上则是象牙手镯。她赤着脚踏上地毯时,所有的居民都开始朝她欢呼。辣椒的父亲萝卜也不甘人后。

"祝你幸福,美丽的玫瑰!"萝卜大声喊道,然后回头对我父亲说:"如果我们可以采玫瑰花来抛向她,效果会好一百倍。所以说这个镇长,真是不解风情。"

"真奇怪。"我的父亲说,"我一朵玫瑰花都没看见,却闻得见玫瑰香。"

在通向大海的紫色地毯上,玫瑰,美丽的女主角,面无表情地走着。春天午后的阳光令她的脸庞——即便未曾舒展——烂漫夺目。修饰着孔雀尾羽的长袍下摆,律动如湖水。我的父亲认为,那天那一刻,他所见到的玫瑰,是他一生中见过的最美的女子。

喝饱了酒的老人们被午后渐热的阳光晒到恹恹欲睡,则躺在回廊和树叶的阴影下,打着嗝陷入浅浅的睡眠。年轻的居民们好热闹,开始向海滩移动:军人们业已铺开绒毯,摆上了酒、水果、鱼汤和肉食。牲畜们百无聊赖地在街边走来走去。甩动的尾巴驱赶着那些翅膀透明的昆虫。我的父亲走在浸润了整个镇的玫瑰花香中,恍若梦幻,诗情画意。有那么一会儿,阳光烂漫,万物变色,加上花香,使他产生了幻觉。这一切是真的?玫瑰要嫁给镇长了。这铺天盖地的花香,这铺陈华丽的仪式,这简约的小镇,忽然间负载了太多的美。盛开的花朵,狂欢与美酒,我的父亲觉得,这光怪陆离的一切,像一个过于美好,似乎不太现实的梦。

摆放在新嫁娘身旁的金色的沙漏缓慢地提示时间流逝。不断逼近的婚期、阳光和酒醉,让居民们兴奋起来。站在紫色绒毯上的玫瑰,对周围的祝福与欢笑不闻不问。穿着礼服,胸口挂满勋章和绶带的镇长他老人家,忙着与军人们交头接耳,见缝插针地喝水,并不断地注目于沙漏。我的父亲肉豆蔻在人群中寻找着辣椒的父亲萝卜：后者早已醉倒在一个女孩的怀中。吹短笛的少年爬上了海滩边的香子兰树，在树杈间交替吹奏着忧伤或欢愉的乐曲。

　　我的父亲坚持说，那一天，他是第一个发现异样的人。沙漏与阳光都在暗示下午两点婚期的逼近，镇长已经站到绒毯边，显然是最后一次整理领结时，我的父亲望见远方，海天交界之处，出现了一个黑点儿。风不断推送浪潮吹来，黑点飘荡如风筝，渐次朝海滩移近。被我父亲翘首凝望的姿态所吸引，其他居民睁开蒙眬醉眼，望向天空。浣熊欢笑着，嚷道：

　　"看哪，一只奇怪的风筝。"
　　"像一只飞天的章鱼。"
　　"一只死去的海鸥，浮在白云上。"
　　镇长大人伸出了手，身旁的军人递来望远镜。我的父亲坚持说，他是第一个观察到镇长大人这一动作的人。被望远镜遮没的眼神固然无可猜测，但镇长大人涨红的脖子，明示着他的情绪。身为新嫁娘的玫瑰，是众人中反应最慢的一个——根据传说，她的听力有点儿问题，有人甚至坚持她要嫁给镇长时，已经聋了——抬起头来，以手加额遮挡阳光。那黑点儿越来越近，人们已经可以看清：天空中浮着的，是一个人形的轮廓。
　　"是个人！嘿，是个人！"辣椒的父亲伸出食指，大声地叫嚷。

"可怜的孩子。他像在云里游泳一样，很吃力地往这里飞呐。"龙舌兰老太太说。

如果飞翔是一种飘逸的极致，那么，这个黑点儿似乎没有表现出海鸥般的优雅。他更像是在风里挣扎，在阳光里游泳，让轻若无物的身体，不断向海滩的上空挪动，动作格外艰难。我的父亲抬起头来。他看清楚了这个黑点儿的轮廓。一个完整的人体。然而，也许是阳光过于明亮，午后时节，一天中最烂漫夺目的阳光，穿越了这个人的身体。这个半透明的人，像一片透明的秋叶，像一片薄到极致的玫瑰花瓣，他的身体在阳光和风里，像烟雾一样轻盈。我的父亲望见镇长放下了望远镜，那张不久前还兴奋激昂的脸，此时涨到通红。新嫁娘则站起身来，侧脸苍白。

那飘荡的幻影一样的人——因为他的形状，大家相信他是个人；因为他的轻盈和透明，大家觉得他像个梦——飞近了海滩。阳光在他身上流动。居民们仰望着他，看到他像一尾以阳光为海水的鱼似的靠近。距离更近一点时，我的父亲相信自己看到了什么：在那个人半透明的、细弱薄脆的手指间，拈着一朵殷红的玫瑰花。

这是那天，我的父亲在镇上看见的第二朵玫瑰花。

沙漏中的最后一粒细沙在金色阳光的照耀下落下。时辰到了。这是一天中阳光最为烂漫、天气最为炎热的时分。那从早晨起就纠缠全镇

第一部 玫瑰图

的玫瑰花香达到了巅峰状态。所有人的鼻子，甚或连嘴唇和舌头，都能品尝到风的玫瑰香。我的父亲相信，他的耳朵都听得到玫瑰香若旋律一样回荡。那个透明的人形从风里游来，到达了海滩上空。我的父亲眼望着那朵玫瑰花。然后他看到，夹着花朵的手指松开了。那朵玫瑰花从云端坠落下来。在充满着阳光和玫瑰花香的风里直线坠落的花朵，准确地落在了新嫁娘的肩上。待嫁的新娘此时两腿一软，坐倒在玫瑰花丛中。她的裙摆展开了，任那最特殊的一朵花，从她肩上滚落到她手边。我的父亲望见，那甩脱玫瑰花的、半透明的飞翔者，此时正努力地扭转身。似乎没有风的帮助，他的离开很困难。

那个人企图在云端转身时，玫瑰倏地站起身来。她右手捧起那朵自天而坠的玫瑰花，发出了一声奇特的叫喊，像一个困于梦魇的人听见的午夜猫叫。她左手提起了裙摆，赤着脚朝大海的方向奔去，像一个追逐失落风筝的女孩。像着了魔一样，海滩上的、树荫下的居民们，目瞪口呆地观望着这美丽的新娘飞步奔跑着。人们听见镇长大人的喊声，看到他脸上的疤痕在抽搐：

"阻止她！给我阻止她！把她拦回来！你们，你们这些人！把那个人给我打下来！"

套着笨重长靴的军人们开始行动。一部分人散乱地奔跑，去追赶那奔向大海的新娘，他们的长靴在沙地上无用武之地，跑起来步履艰难。

飞越玫瑰园

其他人就地捡起石头,朝天上扔去。有两块石头一度很逼近那个游弋在天空里的人,然而一阵风吹过来的时候,那个男人飘行的速度加快了。臂力有限的军人们投掷的石头已劳而无功。那个御风飘动的男人低着头,望着飞奔的玫瑰。他背向大海的方向,放松四肢,任迎面而来的大风将他缓慢吹远。玫瑰的脚已经踏入了大海的浪潮,碧蓝色的海水浸上了她的脚踝。她涉着浅浅的海水艰难地奔跑,而后面赶上来的军人们已经逼近。出于谨慎和尊敬,他们伸手试图挽玫瑰的动作煞是笨拙。天空中的男人已经回过身来,面向他飞来的方向。他本是逆风而来,现在已经顺风了。玫瑰站住了脚。她望见那个男人越飞越快,向着海天相接的方向义无反顾地前进。全镇的人哑口无言地凝望着这一切。他们看见这梦幻般透明轻盈的家伙重新变成了一个黑点儿,消失在海天相接之处。

手里依然握着石头的军人们呆呆地望着这一切。镇长大人的嘴始终未曾合上。玫瑰站在齐膝深的海水中。她的身后站满惊诧的军人。全镇居民目瞪口呆地望着这一切。香子兰树上的少年依然无忧无虑地吹着短笛。与笛声相伴的,只余下海水不断涌动的声音。

我的父亲看到玫瑰转过了头。她垂着头,任裙摆在海水上荡漾着。她慢慢向海滩走来。军人们自动给她让出了一条道来。她的脚踏上绒毯的时候,我的父亲清晰地看到,玫瑰的嘴一张,一口鲜血吐了出来。她的身体极缓慢地倒在了绒毯上,右手手指松开。那朵从天而坠的玫瑰花,滚落到了沙地上,转了两转,凝滞不动了。

居民和军人们都朝向她奔去。镇长冲过来时,玫瑰已被人群包围。

一片混乱。一片错杂。镇长粗暴地踢打着阻碍他的人们,朝他们脸上吐唾沫,喝令他们让开。我的父亲呆呆地从远处望着这一起骚乱。午后的阳光落在他的脸上,使他感到强大的压迫力。他感觉到玫瑰花香正在缓慢地淡去。那从早上起便诗情画意包围着这个镇的玫瑰花香,正如潮水于风一般不远去。不出他的意料。他说。看到玫瑰吐出那口血时,他立刻已经明白了:

她死了。

时间在流逝 之一

我的父亲肉豆蔻听见了敲门声。搁下了手里的刀和木头,他站起身来,捶着腰走到门边。打开门,他看见了十七岁的我,以及揪着我衣领的那只手。手的主人用温和的语调对我父亲说:"抱歉,又打搅了。您儿子企图闯进玫瑰园去,又被我们抓住了。"

"他太笨了。"在我身旁,十七岁的若说,"每次都被我爸爸抓住。"

若的爸爸行了个军礼后转身离去。我和若走进房间,面沉似水的父亲在我们身后关上了门。

"又失败了。"我对父亲说,"她的爸爸无处不在,像只大蜘蛛。我怀疑每一段篱笆都是他撒下的网。一触动就会被他发觉。"

"什么嘛。明明是你太蠢了。笨手笨脚的。"若说。

我的父亲闷声不响地继续做他的木雕。我和若彼此吵了一会儿,开始做猜拳游戏。阳光转到正午时分。我养的猪凤尾鱼发现了窗台上的一只蝴蝶。它吭哧吭哧地朝窗台上跳着。然而数次失败了。它的意志还不足以克服它的体重。

"都折腾一年了吧。"父亲忽然开口说,"还没死心吗?"

"是人都会有疏忽的时候。"我说,"担任警卫的军人,会每天都在那里守候?我不信。我明天会打扮成一只豪猪,从枝叶最茂盛的地方,扒开篱笆钻进去。"

"如果警卫们真的以为你是豪猪,他们会把你射死,然后吃掉。"

"办法总是有的。"我虚张声势地说。

凤尾鱼继续徒劳无功地朝窗台进军。若把凤尾鱼抱了起来,搁到窗台上。得以大展拳脚的小猪热切地奔向蝴蝶,而蝴蝶一溜烟飞走了。

"做点有意义的事情吧。"父亲说,"你们快要成年了。"

"可我们觉得,不停想法子闯进玫瑰园去,还挺有意义的。"我说。

"看得见的东西才有意义。"父亲说,"看不见的东西大多数都能依靠诡辩得到,但是世界的规则,不允许你们不劳而获地得到东西。"

"能进入玫瑰园就是意义。"我说,"不但能让人看见,还会让看见

第一部 玫瑰园

的人吓一跳。他们的心脏会跳得很厉害,他们的叫声会被路过的海鸥铭记。这就是意义。"

"我们能够闻到玫瑰花香。"若说,"鼻子触得到花瓣。我们可以记住那花香。那对我而言是有意义的。"

父亲不再说话。我期望他能说些与玫瑰花有关的:他明明记得那一天,他记得玫瑰花的香味。但他一言不发。

凤尾鱼在窗台边凝望着那只蝴蝶。在花丛间停伫的蝴蝶像个诗人一样凝思着什么,敛起翅膀一动不动。屋檐上的灰鸟叫声密密麻麻。

"你还是采取,企图用手脚翻越围墙的老办法?"父亲忽然问。

"是的。"我说,"还有,什么意思?什么叫老办法?"

父亲抬起头来,用谈不上带有什么表情的眼神看了我一眼。

"当然是老办法。因为这办法,我们早用过了。"

父亲的往昔 之二

父亲开口说道:

"你们这些孩子似乎完全不知道天高地厚。年轻莽撞使你们自以为

飞越玫瑰园

是,而且毫无创造力。好吧。我来告诉你们一些过去,也许对你们有所裨益。且说在你们还没出生的时候,我们,你们的父亲和叔伯们,就对玫瑰园无比好奇。镇长是个新来的半老头子。他的禁令对我们来说只是一场游戏。好吧。我和萝卜在禁令颁布后一个月就决定:我们要进到玫瑰园中去。"

来回巡视的军人们,步履精密如机器。我父亲和萝卜他们,手脚又都不够利落。结果是,我父亲、萝卜、猫头鹰这几个人,每天都在玫瑰园的篱笆旁等待机会。他们故作猜拳和扔石子。一旦军人们转身,他们便直朝玫瑰园扑去。我的父亲多次手忙脚乱地试图翻过篱笆,然而赶来的军人们总能无比精确地抓住他,把他们当石头似的扔出来。而后,我的父亲他们四位,会被勒令背诵一百遍关于玫瑰园的禁令:

"严禁任何人,以任何名义,翻越玫瑰园的篱笆。"

在某个黄昏,我父亲、萝卜、猫头鹰、浣熊四个人并排站在海边背诵禁令时,也许因为实在太困,猫头鹰开始睡眼蒙眬——也许因为他又胖又圆,他的眼睛也又大又圆,所以他总是睡不醒——他的背诵就变成了这样:"严……名义……越…… 篱笆……呼噜……呼噜……严……名义……翻……玫瑰园……呼噜……"

又矮又黑的浣熊忽然停住了嘴——他的嘴像螃蟹一样,已经起了许多的白沫。这时候,他转过头来。

"我想到了!"他说。

"严禁任何人以任何名义翻越玫瑰园的篱笆……想到什么了?"我父亲问。

"有办法了。那该死的老头子,半秃头,他说的禁令是什么?"

"严禁任何人以任何名义翻越玫瑰园的篱笆……"我父亲和萝卜同声说。

"对呀。他说的是'翻越'。'翻越',就是依靠手的力量攀爬然后双腿一起越过。对吗?"

"我忘了。"萝卜说,"上语法课时我睡着了。"

"说下去。"我父亲说。

"那篱笆多高?"浣熊说,"半人多高吧。我们为什么要用手翻越呢?我们完全可以跳过去呀。镇长有规定过'严禁任何人以任何名义跳越玫瑰园的篱笆'吗?"

"有道理。"萝卜说,"没规定过的,我们就应该可以做,是吧?"

"应该是。"我父亲说。

第二天上午,他们就进行了这个试验。他们不动声色地靠近了篱笆。那些面无表情的军人看了他们一眼,望到他们离篱笆还远,便无所谓地将眼神朝向远处的大海——军人们也并不想每天盯着人看。我父亲他们在离篱笆十几步远的地方停住了脚步,将浣熊推到了前面。

飞越玫瑰园

    为了表彰浣熊发现了法令的漏洞，创造了合理进入玫瑰园的方法，他们四人一致推举他作为先锋。可是事到临头，浣熊却发抖了，像得了重感冒一样。为了鼓励他，萝卜被迫在他屁股上踢了一脚。于是，守卫篱笆的军人们看到一个怪叫着的家伙踉踉跄跄朝篱笆跑过去。在靠近玫瑰园的篱笆时，浣熊噌地一下跳了起来。他两条细而短的腿跨过了篱笆。他的脚踏在了玫瑰园之中。吧嗒一声。似乎犹有些不信，他连忙低下头，观察自己的双脚。

    一眨眼的工夫，他就被军人们包围了。站在篱笆外围的军人们聚拢在他的周围，几双手分门别类，抓住了他的衣领、裤子、手、腰带。被牢牢抓住的浣熊哇哇大叫，手足无措。

    "嘿！"我父亲嚷，"太过分了吧！"

    "又是你，肉豆蔻？"领头的军人回过头来，疑惑地看我父亲，"你在说什么？"

    "你们！太过分了！实在是太过分了！"我父亲喊道，"我们是镇上的居民。我们有行为的自由。我们没有触犯法令，为什么要抓住我们的朋友？"

    "揪住我左手那位？松一下，我的手臂都快断了！"浣熊喊道。

    "知道镇上的法令吗？"军人威严地问道。浓重的鼻音，听上去像感冒了似的。浣熊的腿在他粗壮的大手里，细弱得就像树枝。

    "镇上的法令是，"我父亲说，"严禁任何人以任何名义翻越玫瑰园的篱笆。"

"对。"

"可是,"我父亲说,"刚才我的朋友没有翻越过篱笆。他是跳越了篱笆。"

"跳越和翻越是两回事呢!"萝卜喊道。

"是是!我是跳越过篱笆的!你们为什么要抓我?"浣熊似乎刚想起他们事先拟定好的台词,抓住救命稻草,大声喊叫。

军人们面面相觑。他们的眼珠彼此对视时的空漠和惊慌,被我父亲敏锐地捕捉到了。木制的篱笆桩阴影倒在他们的靴子下,做着无声的注解。浣熊被军人轻轻地放在了沙地上。军人们聚拢在一起。他们的鼻尖呼吸相闻,低声地讨论着对策。我父亲他们四个——那时他们也都还是少年——站在篱笆边,玫瑰园离他们近在咫尺。花的香气汇成的海洋,触手可及。

我父亲说,他当时感到了初步的胜利……此前,他们也彼此编造着神话:海员对抗妖魔啦,英雄对垒敌军啦,这些从记忆深处残存的神话,无意间得到了世俗式的确认。依靠着语言和思维的力量,他们玩着文字游戏,初次与成人的世界相对抗,于是逼近了那不可与闻的深处,那蕴藏着浑厚秘密的玫瑰园内部,那阴影笼罩、香气流溢的世界。我父亲他们四人组几乎是带着渴盼的情绪,等待军人们的商议结果,我父亲说,他甚至渴望他们来反对自己,如此进入玫瑰园,才有胜利的价值。

就是在这时，我父亲看到了镇长大人。镇长大人戴着一顶奇形怪状的礼帽，套着一件不合时令的大衣，带着他影子一般的秘书，一步步踩在玫瑰园篱笆的阴影上。军人们立刻立定敬礼，靴子合拢发出整齐的啪啪声。镇长大人横扫了我父亲他们四人组一眼，然后大踏步走来。我父亲说，他听到背后沙子的声响，就知道萝卜和浣熊在向后退。

"什么事，年轻人？"

"我的朋友跳越过了篱笆。"萝卜说。我父亲认为，萝卜的声音，颤抖如风里的荒草，"被军人们按住了。"

"镇上有规定，"镇长大人的声音持续柔和，"翻越篱笆是不被允许的。"

"我们知道，大人。"我父亲接茬说，"我们没有翻越篱笆。如果有人翻越篱笆，我们一定会奋起维护镇上的法律！可是，我们是跳越过了篱笆。跳越。"

"跳越……"镇长大人的眉头皱了起来，他的眉心纹路深如刀刻，额上那条疤痕颤抖得像条蛇。我父亲说，看着这个表情，他忽然想起多年以前，玫瑰死去的时刻，那聚集在镇长脸上的阴暗之色。他为此打了一个寒噤。

"跳越就是完全依靠腿脚的弹跳力从篱笆上空跳过，而翻越则是要依靠手的支撑与篱笆接触之后……"萝卜开始背诵他们几个事先预备的那一套。

"是的,我明白。我明白。"镇长大人沉思着说。

"翻越依靠着手的支撑与脚对篱笆的作用力和篱笆接触之后越过篱笆,在概念和用词上都有……"

"我说了,我明白!"镇长大人喝道。他的声音震得四人组眼前一黑。

"对不起,我刚才在思考。"镇长重新启用他深沉柔和的语调,随即打了个手势。他的秘书展开那个红色封皮大本子。

"记下我的话。"镇长大人说,"从即日起,严禁,任何人,以任何名义,翻越,或,跳越,玫瑰园的篱笆。签名人:镇长。本法案从即日起……"他看了一眼怀表,"下午三点四十三分起在本镇范围内生效。"

接着,他将脸转了过来,对我父亲他们四个人微笑了一下,挥了挥手:

"再见,年轻的居民们。我真羡慕你们的体力。我老了。"

他走开了,在走出玫瑰园阴影的范围之后,他头也不回地喊了一声:

"军人们,执行你们的职责!"

"是!"靴子跟又一次整齐地碰在一起。

我父亲说,当时浣熊和萝卜歪着头看着他,猫头鹰则自始至终不吭声。他们看到彼此都是一脸无奈,以及,篱笆旁边,那些得意扬扬、俯视他们的军人。

飞越玫瑰园

于是,由于禁绝产生的偏执和好奇,使本来只是作为游戏的尝试——进入玫瑰园——变成了一个梦想。一场旷日持久的斗争开始了。一整个夏天,我父亲和萝卜都在玩文字游戏,和镇长进行着艰苦卓绝的斗争。他们翻遍了词典,寻找还未被禁止的、可以在纵向和垂直范围内进行移动的词汇。军人们如临大敌,他们笨重的靴子踩在了玫瑰园外的每一寸土地上。一只鹦鹉的叫嚷、一只蝉尖锐的鸣声,都足以使军人胆战心惊,以为又出现了新的企图越轨者。

"镇上的法律规定,严禁任何人以任何名义翻越或跳越玫瑰园的篱笆!"军人吼道。

"好吧,可是镇上可没有规定,不允许踩着板凳从篱笆上空越过呀!"我父亲嚷道。

于是,篱笆被不断筑高,成为名副其实的木条围墙。成年的大树被砍倒,木匠将之解剖,树立在前的篱笆,还带着前一夜作为木头的香味。军人们站在篱笆前。那篱笆直伸向天空,高到镇上没有一条板凳可以横架在其上。

"镇上的法律规定,严禁任何人以任何名义翻越或跳越或踩着板凳、跳板类物品越过玫瑰园的篱笆!!"军人们吼道。

"好吧,可是镇上可没有规定,不可以将云梯靠在篱笆上,然后从云梯上跳进玫瑰园呀!"萝卜说。

于是，秘书又一次斟酌着字句，用羽笔在镇长的红本子上添加关于法令的定语。一旁的军人们围着那沉默的写字匠，看着他的笔尖刷刷地划定新的范围。"云梯！云梯！任何梯状物！"军人的嘴里嘟囔着。黑嘴的野鸟站在树枝上，鸣声像毛织物一样连绵不断。

双方的热情被煽动了起来。这一举措终于变成了一场疯狂的游戏，到最后，镇上的年轻人几乎都参与了进来。最初参与活动的我父亲他们四人组，到后来直接退出了第一阵营。他们四个人是最初的火种，是黎明时刻熹微的星光，是雾里的灯塔。青年们响应了四人组的存在，冲锋陷阵：他们在镇上每天无所事事、饱食终日。挑战镇政府的权威——尤其是那又老又丑的镇长的权威——是何其惬意的事！在午后，镇上的青年吃饱喝足，一边灌着掺了果汁的淡酒，一边聆听着我父亲的战前动员。几个小时后，无数年轻人像蟑螂般朝玫瑰园的篱笆前进。军人们手忙脚乱，吹着哨子跑步，阻挡着每一个人，夺下木棍、绳子、云梯、板凳、船桨等工具。我父亲和萝卜则爬到树上，居高临下地观望着这一切。浣熊和猫头鹰后来对此举失去了兴趣。青年们大规模向玫瑰园进军时，他们却在家睡午觉。

我父亲说，那是他生命中最为快乐的日子：青春嘛，青春最美妙的，莫过于率众挑战禁忌。这半真半假的游戏，像春天一样醉人。我的父亲与萝卜发号施令，坐观其成。他二人在树枝上铺下麻布的靠垫，像两个贪图享乐的旅行家,鸟瞰着年轻的朋友冲击篱笆,看着军人们踩着笨重的皮靴,紧张到草木皆兵。阳光穿越他们头顶茂密的树叶之网,像被剪碎的花格,投影在他们的身上,树叶的香气在他们衣服上挥之不去。灌木丛和野草被军人们踩踏,鸟像花瓣一样落满他们身旁。有细弱的金色飞虫,像凝结的阳光般飞动。那年春天的海潮格外汹涌,热情的青年们,举着从父母的厨房里偷来的围裙所制造的旗帜,与军人们嬉笑怒骂短兵相接。可怜的秘书被迫常驻在玫瑰园旁,不断地根据所见的一切来更新镇政府的法令。经过了那年春天,他的发丝掉得厉害。在秋天到来时,他的脑袋快要跟镇长大人的秃头交相辉映了。

这种青春鲁莽的奔袭延续了一整个春天。夏天到来时,我父亲和萝卜已经试过了一切:绳子、木棍、长竿、板凳、帆布、铁锚、餐桌、船桨、云梯、床板、翻跟头、撑竿跳、骑猪、骑马、骑羊、骑牛,这些都被标上"严禁"字样,成为镇子的新禁令,留在了红色笔记本里。青年们开始丧失动力。那年夏天格外酷热,大家精神不振,只想睡觉和游泳;海上来了一支贩卖水晶、钟表、杏仁和橄榄油的舰队,经过和镇长大人的交涉后,在镇上开了绵延两个月的集市。加上年轻人固有的喜新厌旧,于是翻越玫瑰园院墙的流行趋势,无声无息,自然而然地终止,潮水在黄昏时刻退去。时间的海滩上,只留下恍若城堡一样高大的玫瑰园外墙,以及书写得密密麻麻、毫无破绽的法律。

我父亲只能坐在树上,从堡垒般的玫瑰园篱笆上望去,望见隐约的花海。他说，他当时越发清晰地感知到：镇长大人利用法律所授予的意志，极其娴熟地控制着人们的活动范围。作为领导，镇长偶尔会措手不及，被找到破绽，但是他拥有无可比拟的优势：他的军队，他的立法权。他是一只硕大的白鲸，我的父辈们可以在他不注意时将鱼叉掷到他身上，但是，那并不足以击败他。

父亲的自述，到此结束。

时间在流逝 之二

"后来呢？"十七岁的我问。

"后来我遇到了你妈妈，结婚了。生了儿子，就是你。再也提不起兴趣去做那类无聊的勾当。"父亲说，"偶尔也有人去尝试，不过是让红皮笔记本里的禁令，再多两条而已。我们以前所尝试的那一套过于完美，我们把能够想到的招都用上了。红皮本里的禁令，已经被补完得密不透风，毫无破绽。像蜂蜡一样，你撞上去就会被黏住。再没有空子可钻。"

父亲打了个哈欠，拿起了手中的刻刀，重新投入工作。我和若面面相觑，静默的房间里，响起了父亲的刻刀与木材摩擦刻刮的声音。几乎可以感觉到木屑飘落。

吱呀的推门声。我回过头,看到母亲将门合上,正摘帽子。她的脚下搁着一只篮子,里面堆满石榴。

"我妈妈的情绪似乎有些不好,"她对父亲谈论起我外婆,"可能是天气潮湿,她总是梦见三条鱼在天上飞。我给她喝了一点儿酒,现在她睡着了。"

"年龄可不是说着玩的,"父亲说,"她的年纪毕竟大了。镇上年纪最大的就是她和老藏红花了。我们再善意,也得考虑点儿现实了。你觉得呢?"

"你现在说话越来越让人不快了。"母亲平静地说。

"那是因为我在一天天变得智慧。"父亲说,"智慧负责提供真相,但不包办人的快乐。"

我和若走出门,凤尾鱼从门缝里一溜烟跟了出来。母亲关上了门。在布满紫鸢菊的小径上,凤尾鱼跑来跑去,追逐着蝴蝶。

"不去看看你外婆吗?"若问,"她住在镇东头?"

"不了。"我说,"我在想玫瑰园的事。"

凤尾鱼跳到一尊石头竖琴的背上,那是我父亲失败的石雕作品,如今死气沉沉地趴在草丛中,上面有蚂蚁做的窝。一只黑色翅膀上洒有银色斑点的蝴蝶挑衅般在它周围飞过。凤尾鱼四肢腾空朝蝴蝶扑去。它那肥大的耳朵扇动着,似乎在努力地维持平衡。然而它依然只能无奈地跌落在草丛里,长长的鼻子尖端满是污泥。我叹了口气。

"笨透了的猪。"我说。

"看它的耳朵。"若说。
"它的猪耳朵。"我说。
"它的耳朵会拍动。"若说,"注意到了?"
"但是猪耳朵不如鸭子的翅膀美味。"我说。

凤尾鱼又一次腾起身来,耳朵扇动着,肥胖的身体尽量展开,向那只蝴蝶扑去。蝴蝶轻盈地沿着折线飘动,躲过了这一击,直向小径远端深邃的密林飞去。

"肥耳朵。翅膀。"若说。
"你在说什么?"我问。

"把你妈妈接到我们家来住吧,那个老房子对她不太好。"屋子里,父亲说。

"你的外婆要来?"若说。
"她是我见过最爱睡觉的老人。"我说。

飞越玫瑰园

时间在流逝 之三

"你确定这个东西会有效？"

我看着若用小刀切削着木条，将帆布固定在木条上，兴致勃勃地折展着那初具规模的装置，忍不住问了。

若不回答，继续制作两面巨大的船帆。凤尾鱼试探性地嚼弄花草。春天的午后风和日丽。时间如流水一般穿过我们的身体。

"你觉得重吗？"她把一片帆布架子递给了我，我掂了一下。

"不重。"

"很好。"

她穿上了她父亲在雨天穿的外套，戴上了一副皮手套，全神贯注地摆弄着那些装置。我坐在草地上，无聊地观望流云。云像经受烘烤的面包一样蓬松。忽然出现了一只猫，摆着凝固不动的跳跃姿势。随即又成为一条沉睡的鲸。一只犀牛逼近了鲸，鲸被惊吓了，转而向西飘去，柔软的躯体散乱成一片独木舟。天空的底色在云的边缘显得明亮异常。除了云之外，天空空空荡荡。

"今天望不到海鸥。"我说。

"它们睡着了。"她说，"天气太热了。"

第一部 玫瑰园

"海鸥平时不飞的时候躲在哪儿?"

"不知道。"她说,"我只知道鼹鼠躲在地下,啃食植物的根茎。把枯死的植物留给穷困的人们,把松软的泥土留给来年的春天。"

"我没有见到过鼹鼠。"我说。

"我爸爸见到过。在首都的博物馆。"她说,眼珠甚至没有向我这边转动一下,"我还没出生时,我爸爸去首都参加阅兵式。他说,他看见了穿花袍子的魔术师、秃头的僧侣、贩卖茶水和鱼汤的店主、冶炼铁器的匠人、训练马匹的马师、制作灯笼的老人家,以及刻木版画的艺术家。艺术家还夸我很美,愿意免费为我画一幅木版画。"

"有一天我也想去首都。"我说。

"但得等到你成年,然后,你必须向镇长请假,找齐二十五个品德善良的人为你作保,接受语言训练,然后,随镇政府每个月一次的邮车出发。"她说。

"去首都有这么麻烦吗?"

"必须这么麻烦。"她说,"你没有到过首都,不知道这是个怎样庞大的国家。如果不这样进行约束,我们的国王陛下就会疯了的。只要一个小时,全国的镇就会堆满垃圾。我爸爸说。每个成年人都该自觉听从政府的约束。"

"那你为什么还是跟着我进玫瑰园?"

她抬头看了我一眼。她的发丝垂了下来,她掠了一下,咬了一下下唇。

"因为，我还没成年呢。"她说，"总想就势做点儿犯忌讳的事。"

有草被踩踏的细微倒伏声。我回头，看到镇长大人正迈过草地。如影随形的秘书撑着阳伞，腋下夹着那著名的红皮笔记本。

"镇长先生好。"我坐在草地上说。

"早上好，孩子们。"镇长大人说，他苍老的脸皮让我想到犀牛，"你们在做什么呢？"

"做翅膀。"若说。

镇长大人凝目看了看她手中那堆木条和帆布，又看了看我，微笑着点点头。

"那，希望你们快乐。像本镇的居民一样快乐，像我看到你们快乐之后心里感到的情绪一样快乐。"他字斟句酌，说得很慢。说完了，镇长从我们身旁走过。秘书亦步亦趋。若看都没看他，继续在琢磨手里的木条。

"做翅膀？"我问。

"是的。"她说，"海鸥的翅膀。黑鸟的翅膀。蝴蝶的翅膀。能够拍打、能够飞起来的翅膀。"

后来的几个小时，我躺在草坪上观看天际。云的彼端，蓝色的阴影咀嚼、吸纳着阳光的踪迹。鸟群露出灰色的腹部，从我头顶越过。它们的翅膀拍打着，在作为幕布的天空上留下了鱼鳞般的印象。天空布满灰色的翅膀，仿佛云层的欢好。我的肩膀被拍了一下。

"做好了。"若说。

我坐起身来，看到一个奇怪的东西：一副硕大的黑翼赫然展开，仿佛一个巨大的蝙蝠标本。帆布充当了蝙蝠的翼展，木条担负了骨架的作用。其他的皮制绑带，仿佛古老的刑具。

"我不喜欢这颜色。"我说。

"又不是穿它来结婚，"若说，"现在，把这个东西套上。"

我的胳膊被固定在了黑翼的下端，若为我把各种绑带归附在我身体上。我站定了由她摆弄。路过草坪的年轻人唱着关于女孩眼睛的歌谣，发出放肆的嗤笑。我有些尴尬。

"可以了？"

"可以了。"

她跳开几步，做了一个手势。我闻到了帆布的海盐味道，新木条奇怪的涂料味道。若展开双臂给我做示范，模仿海鸟拍了两下。"试一下。"她说。

我照做了，她并不满意。

"跑,跑起来。"

我像一只黑翼的鸡,在草坪上奔跑起来——就这样折腾了一下午,到底也没能飞起来。厌倦了打鱼和采集香子兰的镇居民,在草坪、树荫下聚拢起来,观看我像一只鸡似的往来奔跑,踩倒青草,拍动翅膀,就差嘴里咯咯地叫两声。有那么一会儿,我恨不得就咯咯学两声鸡叫,好对我身边表情冷漠的若表达不满。

"看来还有些问题需要改进。"夕阳西下时,若冷静地说。看热闹的人们已经笑够了离去。我想到今后几天,大家会编笑话嘲笑我模仿一只鸡,就觉得疲惫不堪,只想躺倒在地。

"明天我们还在这里见。"若宣布。

我回到家,父亲正就着房间里最后一根蜡烛的微弱光芒,盯着个未成型的木雕发呆:我分辨不清那是大象、牛还是猪,只好猜测那是他又一个失败作品。外婆被接到家里了:她坐在屋角的安乐椅中,轻轻地摇摆着,哼着那些久已失传的歌谣。凤尾鱼一进屋,便迫不及待地扑上了她的膝盖。

"我梦见了我们家族都长出了翅膀。"外婆说,她的眼睛朝着屋顶看着。我微微吃了一惊。

"翅膀对我们没有用,"父亲说,"您应该祈祷我们长出鳃和鳍。"

"我做过的梦,最后都会成真的。"外婆说,"那些翅膀是蓝色的,像天空一样。人们就像天空中的鱼一样自由。"

那一个晚上,外婆都没有睡着。我半夜里醒来了三次,每次都看到她抬头望着窗外的月亮。凤尾鱼安静地缩在她的膝盖上,偶尔用鼻子拱一下她的绣花围巾。

若也没有睡着:第二天,她的黑眼圈如是告诉我。我来到草坪上时,晨光刚为云染上玫瑰色。她已经站在那里,将那副翅膀背在了身上。翅膀上粘满了缤纷的鸟羽,她甚至还有心思,为鸟羽涂上了蔚蓝色。看到我的时刻,她便发出了开心的笑声。

"我琢磨过了。翅膀没问题,是你太笨了。"她说。

"噢?"

她先做了两个小跳,然后,小步奔跑,拍动翅膀。我望着她的背影在草坪上越去越远。枝头上的飞鸟们好奇地凝望着她,鸣啭声此起彼伏。她的姿态,让我想起普及鸟类知识的丛书里,那些我从来未见过的动物——孔雀、天鹅、火鸡、灰羽鸟。我看着她的身体向前方倾侧,翅膀的扇动停止,向下划去。这是一个优雅的动作,然后,我看到她的双脚,离开了地面。

我屏住了呼吸,看到她的身影平地而起。脚离地后,她展平身体,挥动双翼:缓慢,但幅度大。她的身体持续上升,长长的头发散了开去,被风吹得猎猎扬动。蔚蓝色的羽翼,像给晨光流溢的天空中,点了一滴蓝色的墨水。她窄窄的裙裾,像鱼的尾巴一样飘荡。

这个时候,镇上的居民们大多犹在沉睡:他们生性懒惰,无所事事,而且如我所述,不太记事。于是,没有人来打扰她的飞翔,只有我一个人在草坪上仰起头来,目瞪口呆。云像被透支了的呼吸,在她的背后负责作为底色和装饰。有那么一瞬间,我想到了传说的天使。她飞出了一个悠长弧线后,从一个匪夷所思的角度滑向了我,像一只衔食谷粒的海鸥。

"看到了吗?"她欢快地喊道,"现在,让我们跳舞!"

她手舞足蹈,结果乐极生悲。几乎在她喊话的同时,失去了平衡,像一只被射中的海鸥一样,迅速地朝下跌去。我追着她滑落的方向,拔步奔跑,然后……

咣当。

"好吧。"十分钟后,她伸了伸小腿,又盯了一下膝盖上的瘀青,"好像没什么问题。"

"运气不错。"我说,"我扑得及时。"

"你看到了吗?"她直起身子,俨然忘了刚才那一跤,"看清楚了吗?哈,我能飞啦。"

"呃,然后呢?"

"然后,抓紧时间啊。"若摆弄着头发上装饰的海星,双目顾盼生辉,

第一部　玫瑰园

"趁着镇长还没有来得及颁布法令,我们飞进玫瑰园去。"

当梦想终于有机会变成事实,我终于有机会飞进玫瑰园,脚踩在那因玫瑰花而增色的神秘土地,听任眼见的事实将传说的阴云驱散,观赏到这个镇子最为悠久也最为奇特的秘密,完成我们的父辈未能完成的壮举,将省略的记忆补充完整,让灰白的现实重现缤纷,为蝴蝶的翼点上银斑,为静寂的海洋配上潮声——此时此刻,我却一时失语。自少年时代开始的梦想触手可及,我却踌躇不已。就像逼近海岸的潮水,会吓到迷恋大海的孩子;山崩般的雨季,会让受旱的农民恐惧。我心事重重,都忘却了自己与若,是如何走到藏红花和龙舌兰的窗下,找到罗望子和辣椒的。

"嘿,你们两个!"若低声说,依次用拳头击打兄弟俩的脑袋。后来,罗望子坚持说,她的拳落在辣椒头顶时,他听到了类似于丧钟的声音。"当然那也可能是耳鸣,毕竟我也被她打了一拳。"他补充说。

我们坐在花圃旁,凤尾鱼躁动不安地盯着每只跑过的猪或者猫,就像发情期的贵公子对任何一个民女虎视眈眈。若炫耀般地,任两兄弟看够了,才把翅膀从他俩鼻子底下抽回来。

"看够了没有?看够了没有?一会儿你们就能看到飞翔啦。"

兄弟俩面面相觑。几个小时后即将死去的辣椒面对着阳光,而他的兄长则一脸阴影。我们吹嘘的飞翔,显然攫取了他们的思绪。同一种意象,可以延伸出两种截然不同的思维。罗望子因为干渴咳嗽着,说:

"万一飞不过去呢?你们会撞上篱笆,像苍蝇撞在墙壁上一样,你们会鼻青脸肿。"

辣椒则不这么认为:

"我倒是相信这东西会很灵验。它这么漂亮。这不是我们父辈们都没有完成的伟大时刻吗?"

房间里开始传来梦话。藏红花大爷的梦境显然高潮迭起、精彩纷呈。他的声音高亢、响亮,而且清晰得不需要我们像在海滩边翻贝壳时剔除沙砾那般烦琐:

"那一天下大雨,我在嚼瓜菜。然后我就看到,乖乖,我的天,我的母亲,螃蟹的肚子!你说什么都好,我可以拿我的耳朵发誓,他飞起来了。就是那小子,大雨里头,他的衣服都贴在身子上。好一副风情万种的身子!怪不得那些小姑娘为了他甘愿寻死觅活。总而言之,他飞起来啦,一直朝海边飞去。像鸟,像鱼,像那些故事里我们不知道名字的怪物一样……呸!怪物都是会飞的,我们却不会飞,编故事的人都该每天用海水漱口,舌头跟猪腿一样肿。他飞起来了,然后,我看清楚了。我可不是夸口,我那时捕鲸,老远就能看见鲸的轮廓,然后准确无误地抛出鱼叉。且说,他飞在半空,衣袖里纷纷扬扬地往外飞出蜜蜂,飞出苍蝇,飞出蝴蝶,飞出尘埃。总而言之,是一些纷纷扬扬的东西,散得漫天都是。愿被我杀死的鲸保佑他!那时他像个没有翅膀的天使一样。那些灰烬一样的东西在大雨里落下来,做梦一样。呸,我才没有做梦。我从来不做梦。"

"连老头子都有飞翔的梦呢。"罗望子说。"可怜他们从没见过真人飞翔。"

辣椒拍打我的肩膀,我茫然地抬头,望着他。

"记得我们第一次见面吧?"辣椒问。

"嗯。就是我们为了猪闹纠纷那次。"

"应该说,是你从我手里抢走了猪。不过无所谓啦。从那天起,我就想着进入玫瑰园。"辣椒说,"不是吹牛,虽然没有你们这么积极,然而我也是隔三岔五就去尝试一次。"

"嗯。"

"所以我有一个请求。"

"你也想一起进去?"若说,"可是,我们只有一副翅膀。"

"不,不,"辣椒说,"功劳是你们的。只是,你们进入过玫瑰园之后,镇长肯定又会颁布相应的法令来进行禁止,我就不再有机会了……我只是想,能飞一次,能飞过玫瑰园上空,目睹一下,园子里头究竟是什么样的。等我看完这一切风景,我会立刻把翅膀还给你们,

飞越玫瑰园

然后……"

若朝我看了一眼。如我所言,对于梦想成真的恐惧,让我下意识地,不想反对一切可能的拖延方式。我点了头。

"谢谢你。"辣椒说,"哥哥,你呢?"

正专心观看螳螂的罗望子回过头来,眯着眼睛看了他弟弟一会儿。

"我胖。"他说。

事情过去之后,我还能完整地回忆起辣椒的话语,回忆起他憧憬成为第一个飞翔者的决心,阳光落在他脸上,那么明朗快乐,毫无阴影。他的死亡来得毫无预兆。我因为怯懦而选择了逃避。确切地说,我从来没有真正想过,自己可以成为第一个飞越玫瑰园围墙的人,我甚至没来得及做好心理准备。辣椒比我积极得多:他的激情,他的欲望,以及乐观。大多数时候,他附和哥哥的话语;但在需要勇气时,他寸步不让——

而那,恰恰是镇长大人最厌恶的一件事。

我们为辣椒披上翅膀。我和若为他理顺羽毛、固定每一个关节,罗望子在一旁,呆呆地看着他弟弟。"我当时觉得他快要死去。"罗望子后来对我说,"那一天,藏红花大爷的梦话像预言似的。死亡的预言念诵之后,即将死去的人却在微笑:这大概是为了衬托命运的无所不能。"

我们穿过了树林,穿过了海滩,凤尾鱼在我第一次遇到罗望子和辣椒的地方欢蹦乱跳。在记忆中,藏红花大爷的话语像咒语似的跟随着我们。那是罗望子的回忆给我的提示,就像戏剧的幕间曲:

"第二天,那家伙飞过的、抛撒过尘埃的地方,就成为玫瑰园。骗你的话让鲸把我给吞了去!玫瑰园,好大的一片,像内地的淡水湖那样大,那么娇俏可人的花海。所有人都很惊讶。因为实在太美了。好吧,那一天,海上开始出现了硝烟。厄运总和美同行,魔鬼很多时候依靠着甜言蜜语骗人,让人把手指按上那契约。就好像我不小心娶了这么个爱多嘴爱教训的老婆子,我真是喝醉了才会这么傻呀!"

我们站在玫瑰园的围墙前,我最后一次听到辣椒的微笑声,他并不知道须臾之后,他会被一支箭贯穿。他笑着,右脸上的痣仿佛也在颤动。

"几秒钟后,"他说,"我就能知道这里面究竟是什么了。"

"飞吧。"若说。

飞越玫瑰园

时间在流逝　之四

　　若后来告诉过我，在第一次飞翔失去平衡、朝大地跌落时，她满心恐惧。那时刻她觉得自己无比软弱，失去凭依、无所用力。大地的重力牵引着她的身体，她失去自由，朝毁灭一路奔去。"那时，你是唯一的依托。"她说，"我看到你朝我坠落的方向奔跑，我知道你能救我。"

　　于是，看到辣椒飞翔的身躯，被一支箭贯穿，从天空坠落下来时，我能够想象他那瞬间的痛苦。在几秒钟内，他即将与大地碰撞并且死去。那曾经给予他生命的土壤，将凶猛地撞击他，榨取最后的生命力。当然，我不是他，不能够想象他在想什么。我不知道他那时，是否会回想起他被若踢倒在花圃中的狼狈、母猪的流产、父亲的斥骂。我也不知道，他的恐惧与悲伤会持续多久。他坠落时脸被头发覆盖，我们来不及望到他的神情。他坠落时翅膀依然展开，夕阳照耀着那些羽毛，蔚蓝色的身影最终从云的背景上沉下。

　　"辣椒！！！"罗望子喊道。

　　就在辣椒落地之时，灌木丛中，几双铿亮的皮靴横了出来。镇长大人左手拿着帽子，右手不断地挠脑袋，驱赶着碎叶屑、尘灰与嗡嗡不止的虫子。秘书与军人们亦步亦趋地跟着。草叶上，蜻蜓的复眼明亮地透析着这一身身军装。我看着他们,若用力握紧我的手,指甲直向我的肉里掐去。罗望子看着他坠落在地的弟弟。他落地的刹那如此悠长:砰。像一个空心的帆布包裹被水手扔向沙滩。

"爸爸!!!"若喊了出来,她认出了军人行列中她的父亲。若的父亲面无表情。镇长身边,几个军人垂下的右手握着黑色的巨弩:这武器平时是用来喷射带索的长箭,用以捕捉巨鲸的。我艰难地把目光朝辣椒转去:他伏倒在地,背上插着一支黑色的长箭。他周身撒满了羽毛,帆布的翅膀软垂着,在黄昏缀满金币般的夕光中,他像受难的寓言中死去的天使,显得无比痛苦,他的姿态让你觉得看过一眼就难以忘怀,此后还会不断出现在你的噩梦中。那支箭如此突兀,成为一支插在大地上的墓碑,立在我们三个少年与对面的官僚之间。凤尾鱼从我的肩上迅速地跳下地来,偎在我的脚旁。潮水的声音再次响了起来。

镇长整了整衣领,戴上帽子。秘书为他轻轻拍打制服,将耳朵凑上镇长的嘴巴。聆听了他的咕哝后,秘书对我们叫道:

"镇长感到很抱歉,虽然这并非他的义务。嗯,作为本镇的镇长,他当然不愿意看到如此残酷的一幕。然而法律的尊严必须得到捍卫,我们握有武力解决的砝码,便必须使之获得应有的分量。辣椒违反了镇上的禁令,为了避免产生难以估量的可怕后果,维护本镇的既有利益,我们被迫采取了斩钉截铁的行动——镇长先生并不指望这番话会令你们减少对他的不满，但至少希望能够得到你们的理解。"

"法律，违反了法律？他违反了什么法律！！！"罗望子吼道，"把那条法律拿出来！你这个杀人凶手，指给我看，他违反了哪条法律？"

镇长一手捻着鼻子，一手对秘书打个手势。俯首帖耳的秘书点头，抄出那本红色封皮大本子，细细地翻页，偶尔小心地噘起嘴，吹吹本子上沾染的尘埃。镇长大人和颜悦色地站着，目光轮流扫过我、若、罗望子和死去的辣椒。在他眼里，我们似乎并没有区别。

"找到了。"秘书说。镇长点头授意后，秘书把本子朝我们展开：

"镇之法律规定，严禁任何人借助任何飞行器械越过玫瑰园的篱笆。"

下面是镇长漂亮的签名，日期是昨天，下午。

罗望子目瞪口呆地望着这一行字，他缓慢地伸出手去，似乎想攫住红封皮本子。秘书耐心地将本子一一向我们三个人示意，然后在罗望子的手接触到本子之前，将之收起，退回到镇长大人身后。镇长大人用手帕捂着嘴，咳嗽了两声，吸了一下鼻子，然后擦了擦眼角。若的父亲站在他身后，无表情地望了望死去的辣椒，我相信，或者说，我希望自己看到了，他的嘴角微微抽了抽。镇长大人在秘书耳边咕哝了几句，秘书点了点头。

"说到底,我们的所作所为,是为了维持镇法律神圣不受侵害,我们确实是不得已而为之。希望你们能够谅解这一行为。我们会把这个消息尽快通知全镇,你们有权为这可怜的孩子举办一个葬礼。在维护法律之外,镇长大人一向愿意对所有居民宽大为怀。"

玫瑰园与记忆 之三

　　就像一只昆虫复眼所见的世界细细碎碎似的,我父母的记忆,也只能反映出片段的世界。比如,他们并不知道,我所养的起名叫凤尾鱼的猪,是从辣椒家里逃出来的。他们并不知道我在十五岁时,因为恐惧嘴边生出的头几根胡须,抡起杀猪刀来刮脸,结果在耳根处留下了一条自以为会永远遗留,其实两个月就痊愈了的伤疤。他们也并不知道,多年以后,我与若决定闯入玫瑰园,并非一时冲动,而是策划了十一年的阴谋。
　　那是我六岁时一个秋日午后。我第一次看到凤尾鱼。当时它并没有名字,只是一只普通的小猪。很少出门的我在玫瑰园旁的树林中,企图爬上树去恐吓那几只屡屡对我惊叫的黑鸟。在寻找爬树的落脚点时,我看到一只粉红色的小猪,四蹄翻飞掀起地上的沙土,从树林外跑了进来。树上的鸟们用好奇的眼神看着它。这只圆圆肥肥的猪似乎没有来得及看清前方,于是,很不巧地,它一头撞在了我的脚踝上,然后一骨碌滚了个跟斗。我把它抱了起来,接着,就听到了喊声。

"我看到了它在那里,那只猪!准没有错!我看得一清二楚。你看这脚印。从那里进去了。我早叫你系好鞋带的。系好鞋带戴好帽子这样就不会出问题了。早叫你不要穿这双鞋子了,这里靠近海滩,沙子会灌进去的……"

我看到一对双胞胎少年转进树林。他们穿着一模一样的衣服,一样中等身材。只是,一个左脸有颗痣,一个右脸有颗痣,像墨水所点的一样。粉红色的小猪一看到他们,便企图刨起四肢,在我怀里咻咻咻地折腾起来。

"你好。"左脸有颗痣的少年说,"那是我家的猪。我爸爸养的,刚出生几天。它没有吃东西,逃出来了。你应该把它还给我们,因为这是我们的猪。我妈妈为它接生。我爸爸给它洗澡。你知道,你给谁接生了洗澡了,并给它起了名字,你就是它的爸爸了。你还给我们,我们会好好照顾它。把它养得又肥又胖。我们给它吃草、糠和豆子,还有我爸爸调的一种东西,只有猪爱喝,人可没兴趣。你应该把它还给我,因为它是我们家的。我们把它养肥了,如果它不听话,我们就会吃了它。如果它听话,我们就会养它到老死,然后把它装在一个箱子里,扔进海里去。把它还给我们吧。"

"他说的是真的。"右脸有颗痣的少年说。

第一部 玫瑰园

吭哧吭哧。哼唧哼唧。猪的声音。

"我从没见过这么好看的猪。"我说,"粉红色的猪。你们叫什么名字?"

"我叫罗望子。"左脸有颗痣的少年说,"我的弟弟叫辣椒。因为我们的父亲太爱吃辣了。吃得他脸上都是红斑。"

"他说的是真的。"被称作辣椒的少年说。

"你叫什么呀?"罗望子说,"我们的爸爸说,做人必须公平。你知道了我们的名字,还抱着我们家的猪。如果不告诉我们你的名字,对我们就不公平。"

"我叫西红柿,我的父亲是肉豆蔻。"我说,"你们家有很多猪吗?"

罗望子看了我怀里的猪两眼。

"不是很多。你知道,养猪也需要粮食。猪有时比人吃得都多,而且猪有的很老实,有的很不老实。对付不老实的猪,只能尽快养肥了,再吃掉它们。"

"他说的是假的。"辣椒说,"我们家有好多猪。如果都杀掉,可以够我们家吃两个月。"

"闭嘴!"罗望子恶狠狠地看着他的兄弟。

"既然你们家有这么多的猪,"我说,"就把这一只猪送给我吧。"

辣椒看着罗望子,罗望子看着辣椒。

"可是，这只猪是我们家的。怎么能送给你呢？"罗望子说，"我们给它接了生，给它洗了澡。它身上的血洗干净了，成了一只干净的猪。它就是我们家的呀。"

"可是你们没有给它起一个名字。"我说，"而且，你们家的猪已经太多了。我现在给它起一个名字吧。凤尾鱼。好吗？你觉得好听吗？"

猪用两只前蹄扒着我的肩，企图逃走。

"好了，这只猪现在叫凤尾鱼了。我给它起了名字。它就属于我啦。凤尾鱼。好听吗？嗯，喜欢吗？凤尾鱼？……啊！"

这只肥胖的猪吭哧一声，咬了我的手指一口。然后，在我、罗望子和辣椒明白过来之前，划动起四条短腿，飞一般窜向香子兰树丛外。我们三个人目瞪口呆。

"追过去呀。"罗望子喊了一声，"先不管这只猪叫凤尾鱼呢还是叫什么，那是我们的猪呀。我们要抓住它。我们给它接了生，给它洗了澡，不能就这样让它丢掉呀……"

他的兄弟一言不发，已经迈开脚步追了起来。

猪的蹄印划过悠长的海滩。我们三个少年踏着潮水的印痕追赶。辣椒被一枚滑溜溜的贝壳带了下，滑倒了一次。满脸满胸沙子的他一言不发，起身继续飞跑。我们眼望着前头那粉红色的小东西四足划动着，一直跑到海滩的边缘。树林、枝杈在我们眼前掠过后，我们停住了脚步：

第一部 玫瑰园

眼前是玫瑰园。小猪的蹄印一直延伸到玫瑰园的篱笆前,消失在郁森森的玫瑰丛中。

我们三个人停下脚步,端详着面前的玫瑰园。面前这拔地而起的篱笆,比我们三个少年的身材还高。我们三个人呆在了篱笆前,盯着猪的蹄印发愣。罗望子开了口。

"你看到了,弟弟。你也看到了,西红柿。这只猪肯定是从篱笆下的缝隙里钻进了玫瑰园。它躲进了玫瑰园里,不知道什么时候才会出来。我们得把它抓出来。你们会爬墙吗?你们可以让我站在你们的肩膀上,然后爬过篱笆。或者,你们谁的脑袋小,可以从篱笆的缝隙里钻进去。我想只有这两个办法。你们说呢?"

"为什么不是我站在你们兄弟俩的肩膀上进去呢?"我问。

"他说得有道理。"辣椒对他哥哥说。

传来了一声口哨。

"嘿,你们。"有个明亮清脆的声音喊道。

我们回过头,看到一个穿白布裙的女孩儿:看上去与我们年纪相仿,左手端着一个小杯子,右手不断从中拈一些东西,塞进嘴巴里。在我们三对惊异的目光交集下,她倒显得轻松自在。

"你们,想做什么呢?"她说,"想偷偷翻进玫瑰园去吗?"

"那,不得已啊。"我说,"我的猪逃进玫瑰园去了。"

"那是我们家的猪。"罗望子说,"它在我们家出生,在我们家洗澡……我们供养着它的爸爸和妈妈,当然它也属于我们……"

"你的猪有名字吗?"女孩儿问我。

"凤尾鱼。"我说。

"那么,去篱笆边,试着喊它的名字,看能不能把它喊出来。你们不要翻篱笆。我爸爸一会儿就回来。他看到谁翻篱笆,就会揪谁的耳朵。"

我看到了罗望子兄弟俩眼中的惧色。我们三人回到凤尾鱼钻进玫瑰园的蹄印处,排成一列,开始喊:

"凤尾鱼!快出来吧。凤尾鱼!凤尾鱼!凤尾鱼!……"

那时候,我们还能隔着篱笆间隙,依稀看见花丛。看不见细节,但花海规模之盛,依然让我心神摇曳。我们如此这般呼唤了半天,除了几只好奇的乌龟和鸟儿在我们身旁停留过,一无所获。

"呼噜,呼噜呼噜,呼噜呼噜。"辣椒用鼻子发出了奇怪的音。

"你在说什么?"我问。

"猪是这么叫的。"辣椒说。

被弟弟提醒的罗望子如法炮制。两兄弟此起彼伏地学起了猪的动静。然而,猪没有出现。

"呼噜呼噜。"辣椒说。

"这样下去可不成。"罗望子说,"我们不是猪,是人。我们弄出来的声音,猪听不懂。我们应该想法子翻过篱笆,把猪抱出来。这是最快最方便的办法了。"

"可是,"我说,指了一下那个女孩,"她说我们不可以翻越篱笆。否则我们就会被揪耳朵。"

"他说得有道理。"辣椒对他的哥哥说。

"她的爸爸不在。也许她根本没有爸爸。"罗望子说,"来吧。我们试着翻过去。我们别被一个不存在的爸爸吓住了。"

女孩儿朝我们走过来。

"我说过啦,玫瑰园的篱笆是不能翻的。"她说。

"我们对玫瑰园没兴趣,只是想找猪罢了。"我说。

"你们没有学过法律吗?"女孩儿老成地说,"法律规定的是,严禁任何人,以任何名义,翻越玫瑰园的篱笆。你们没有听过吗?"

"我们不会踩坏玫瑰花。"罗望子说,"那些花那么美丽,我也不会想去踩坏它们。我只是想把我的猪抱出来。那是我们家的猪。它的爸爸和妈妈都生在我们家。它也生在我们家。是我给它洗的澡……"

"我们能飞过去就好了。"辣椒抬头看着鸟群。

"你们在这里干什么?"背后传来瓮声瓮气的声音。一条长长的影子压在我的脚侧。罗望子回过头来,表情像只流浪猫看到了猛犬。那个瓮声瓮气的声音又一次响起:

"小孩子们不要在这里闹。离远一点儿。这里是玫瑰园。"

罗望子和辣椒一声不出地从我身旁悄步走过,走出一段后,我听到他们俩脚步飞快的踏沙声。接着是罗望子的摔倒和哎哟叫痛声。我低着头,看着脚下这条影子,一言不发。

一双皮靴从我身侧绕过,来到我面前。我看到一个魁梧的巨人,面色黝黑,轮廓像用铁锤在石头上砸出来一般。胡子浓密油亮,仿佛夏季的雨林。他身着镇上配给的式样怪异的军装,若无其事地嚼着草叶子。女孩儿走到他身旁,依偎在他身侧,得意扬扬地看着我。

"小子。"巨人说,"别待在这儿了。走吧。"
"我要找我的猪。"我说,"它叫凤尾鱼。"
"玫瑰园是不准人进去的。"巨人说,"严禁翻越篱笆。你不知道吗?"
"我刚才告诉他了,爸爸。"女孩儿说。

"我在这里等我的猪出来。"我说,"我不进玫瑰园。我就在这里等着。"
"你知道留在这里会让我很生气吗?"
"我不进玫瑰园,就没有违反法律,"我说,"如果你揪我的耳朵,那犯错的就是你了。"

巨人低着头看了我一会儿,脸色像岩石一样不动声色。时间似乎过了很久。一波潮声起来又退去之后,巨人耸了耸肩:

"那,随便你吧。别让我看到你接近玫瑰园的篱笆。否则我会揪着你的耳朵把你提起来,慢慢揍你一顿。"

"好。"我说。

女孩儿走近坐着的我,手中的树叶在我眼前晃悠着。我猜在她的眼睛里,可以看到我的脸上绿色的淡影闪动。然而我依然保持着过去三个小时所保持的姿态:我背靠树坐着,眼望篱笆和蹄印。夕阳已经西下,远处的潮水声变得温柔起来。女孩儿蹲在我身旁,一会儿看我,一会儿看玫瑰园。

"三个小时了。"她说。

"嗯。"我答。

"你还要等下去吗?"

"是的。"

"那真的是你的猪?"

"我给它起了名字。我为它付出了时间。我不想半途而废。"

"它不出来呢?"

"它总会出来的。"

"它可能就住在里面了,饿了就吃玫瑰花。"

"玫瑰花有刺。它会渴。"

"吃鱼吗?"

她左手端着的杯子里,是一条一条被晒干的鱼。我谢过她,拈起一条凝缩的鱼开始咀嚼。咸味和腥味,以及鱼本身的一种微妙香味。她在我身旁坐了下来。

夜色下来的时候,远处的海水似乎多少静了一些。从参差的树影间,月亮缓慢升起。我听到了虫鸣声,偶尔鸟扑着翅膀从我们头顶飞过,翼影在我们脸上飞掠。她抱着膝盖,安心地坐等。我过意不去。

"你爸爸为什么不带你回家呢?"我问。

"他要一直站岗到半夜。"她说。

"你回去吧。"我说。

"我都已经等了这么久啦,不看到这只猪,我不是浪费了这么长的时间吗?"

"我叫西红柿。"我说,"你叫什么名字呀?"

"我叫若。"她说。

凤尾鱼从玫瑰园里走出来的时候,身上沾满了玫瑰花瓣和泥土。它用怯生生的目光打量着我,然后又很专注地看了一会儿若。那时月亮已接近头顶,雪白而皎洁。那是我一生见过最美的月亮。若的头靠在树干上。树叶的阴影压在她的脸上,她睡着了。

我把若叫醒,把凤尾鱼抱给她看。若揉着眼睛,朝凤尾鱼的鼻子上吹气。凤尾鱼瞪着一双呆呆的猪眼,听天由命地接受了这一切。若用力捏了一把它的耳朵。

"真是可爱的小猪啊。你可不能吃了它。"她说。

"不会的。"我说,"它比我们都幸运。它能进去玫瑰园呢。"

"无所谓啦。"若说,"好了,回家吧。你家住哪儿?"

我指了一下方向,若点点头:"我明天来找你玩儿。"

我们已经站起身来了。我又忍不住回过头,看一眼玫瑰园。月光之下,玫瑰园的花海望去柔和而平静。带着一种浩繁又澄清的美。不知道为什么,我对自己点了点头。

"怎么了,你在想什么?"她问。

"我在想,一个连猪都可以进去的地方,为什么我们不能进去呢?"我说,"有一天,嗯,我要进玫瑰园去。要不然,哼,连一头猪都比我自由!"

时间在流逝 之五

月亮升起的时候,我们将辣椒的尸体抬入了海滩上那粗糙厚重的棺材。辣椒的父亲萝卜先生两眼发红,手按在他亲手刨削的棺材边缘,不停颤抖——那棺材酷似一艘独木舟。黑色的长箭已被拔出。我们在辣椒的身上撒下了野地的花朵,试图遮盖那道致他死命、触目惊心的伤口。烂漫的花色与他脸儿的苍白相映分明。雪白的尸衣包裹着他的身体,黑色的翅膀折叠着,覆盖在他的身上,那些羽毛散落在他的周围,银色的月光让他的表情分外恬静,全然不像死于非命,仿佛天使在酣睡。辣椒肥胖的母亲则站得远远的,踮起脚,带着茫然的神色望着她死去的儿子,她的口中不断唱着旋律飘忽的歌曲,在很多时候声音犹如游丝,在其他的片段则像是其他地域的方言呓语。他们家养的小猪脖上系着绳子,排排坐在沙滩上,无聊地抽动着鼻子,偶尔对潮水退去后沙滩上挣扎的小鱼表示兴趣盎然。掌控着这些猪的罗望子则默默无语,一言不发。

辣椒生前的好朋友们和热心的居民散立在海滩的边缘,沉默的大多数在望着粼粼的海潮。藏红花老头靠在老妻的怀里,梦话连篇。我的父亲把一朵雕刻完成的玫瑰花放在了辣椒的胸前。我看到若穿着白如月光的裙子走来。

"你一个人来的?"我问。

"嗯。"

第一部　玫瑰园

"你爸爸呢？"
"他还没有回来。"

萝卜先生轻轻地把儿子额前的乱发拢好，随即俯身去举那块硕大的棺盖。他的妻子眼神散淡，口一张一合地吞吐着莫名的音调，像鱼吐着气泡。远处响起了靴子踏沙的声音。灯光照亮了远处的林樾。

"请等一下！"堂皇而响亮的喊声，我回过头去，看到了一大队整齐锃亮的靴子。镇长大人显赫地站在头里，周围的军人为他举起了灯。

参加葬礼的人们回过身来，若握紧我的胳膊：她看到了她的父亲。镇长大人和秘书大步走在前头。阴影退去，月光了无挂碍地落在镇长脸上。没有表情。

"先生。"我父亲说，"晚上好。"

镇长看了我父亲一会儿，似乎用了很久才理会这句问候。他匆忙点了点头，然后把目光定向辣椒的父亲。秘书准时地把耳朵凑到镇长嘴边。

"晚上好，先生们。"秘书说，"镇长大人为今天所做的和所看到的表示遗憾。如大家所知，镇长大人一向重视镇子居民的安居乐业、镇子的稳定发展。作为本镇秩序的保证，本镇的法律必须时常得到完善和维护。镇长大人从未试图针对任何一位居民，他所做的一切，都旨在保障

飞越玫瑰园

本镇居民生活更为安定。作为镇上的青少年居民，我们愿意相信，这个孩子违反镇的法律，并非刻意为之。然而，法律执行上，我们不能徇私舞弊，我们被迫执行了法律。但在法律之余，镇长希望可以向居民们表示他本人的遗憾和问候。所以，他亲自来表达对这个少年的哀思。"

镇长大人走向木棺，月光照在他的额上，那条疤痕像凌厉的刀锋。若的父亲和秘书紧随其后。我们看到若的父亲手里，一个长条形包裹。镇长大人在木棺旁停下，辣椒的父亲对他投来冷冷的目光；镇长向若的父亲伸出了手。若的父亲——应当是故意让人看到的——抖开了布包，月光先于我们的目光，落在那一束上：殷红的玫瑰花。

"这是镇长大人在玫瑰园采集的玫瑰花。因为这个少年是为了飞越玫瑰园围墙，才违反了新推行的法律条文，镇长大人愿意对其做出最大限度的补偿。希望这束玫瑰花能够安慰他的亡魂。"

我们专注地看着那束玫瑰花：那是我第一次看到玫瑰园里的玫瑰花在篱笆外出现。那是真正的玫瑰花，并非木雕，并非纸折。那是活生生的、由土地生长、由蓓蕾开放、布满刺的玫瑰花。花朵被郑而重之地放在了辣椒胸前。这鲜艳的色彩连同缤纷的羽毛，使他的脸色愈加苍白。海滩上忽然开始弥漫玫瑰花的香气。我握住若的手，她的指甲用力掐进了我的掌心。我们没有彼此对视，但我明白，在那一刻，我们想的是同样的念头。

那就是我们常年奋战的东西,现在,辣椒付出了死亡的代价,将之带到我们面前。

"没完呢。"我想对镇长说,"这事不算完。"

木棺被缓慢地盖上。那苍白英俊的少年和玫瑰花,被永恒地封进了这封禁灵魂的匣子。月光在短暂地光顾玫瑰花和辣椒后,只能在棺盖上游离。我的父亲和萝卜先生为棺材首尾挂上帮助下沉的铁球,随后合力把棺材推向了大海。夜鸟偶尔的尖唳和辣椒的母亲游离的音丝,余韵不止。被封禁的玫瑰残留的香气依然在我们的记忆里游荡,时间流逝,月光照亮了沙滩上这些神情肃穆的人。

镇长和秘书转过身,从人群中穿过,回到军人们中间,灯光闪耀,向来时路走去。潮水退去,岸上只留下踏沙的声音。

时间在流逝 之六

我推开家门时,玫瑰花的香味还未消散。为辣椒送葬的人们涌向了酒馆,而我则怀抱着凤尾鱼回了家。在相当长的时间里,我想着那具棺材沉落海底的漫长过程。那装着辣椒遗体与玫瑰花的棺材。鱼们将好奇地凝望这笨重的箱子。没有什么会去打扰那暗藏其中的花朵与少年。一直到星光无法到达的深度，他将得到本应属于死者的永恒黑暗。这便是我推开门时的感触：月光先于我的步伐进入房间，然后我发觉，外婆在望着我——确切地说，她凝望着门，于是任何一个进门的人，都必须被动地接受她的注目。

"有个孩子死去了，是吗？"外婆问。

我不知道该如何回答，不知道该回答多少。我把凤尾鱼放下地来，它一溜烟地跑到了墙角。

"任何想离开地面的努力，都只会招致坠落和死亡。"外婆极有把握地说。

"您……"

"所以只有摆脱地的引力，才能不用坠落，更不会与大地相撞而死。你明白了吗？"外婆的口气，俨然小学教师讲解潮汐原理。

"我不是很明白……"

"你必须变得很轻，像叶子一样轻，像泡沫一样轻，像风一样轻，变成烟。这样你才可以离开拘束你的地面。也许你会不习惯这种自由，你得付出一些代价。"

我从未如此刻一般仔细地注视外婆：她双目望天，肥胖的身躯纹丝不动。她的眼睛像一只猫头鹰一样发亮地注视着房梁，而且明显对房梁不屑一顾：她的目光仿佛穿透房梁，直逼着星辰而去。桌上放着一个黑色花瓶。其中什么都没有。

"晚安,外婆。"我说。
"早安。"她说。

我看了一眼钟:她所说不错。已经是凌晨时分。
虽则晨曦尚未出现。

时间在流逝 之七

"我外婆昨晚说到了关于飞翔的事。"我说。

"噢?"若一步步踩着香子兰树丛间狗跑动的足迹,顺脚踢开细碎的石子。凤尾鱼在我肩头钦佩似的盯着若不放。

"外婆像个哲学家一样。"我说,"像一个巫师。她说飞翔必须付出代价,摆脱束缚会很不习惯之类的。她的话给我的感觉是……她有办法飞翔。"

"像我们那样,飞起来后,就被人狙击吗?"若自嘲似的笑了,"付出代价倒是真的。"

我不再说话,试着去牵她的手。第一次,她的手像鱼一样游开。

第二次，这条鱼放弃了挣扎。我俩的手握在一起时，很神奇地，我能感觉到，她与我一样，正想到因为飞翔而死去的辣椒。凤尾鱼轻轻拱了拱鼻子。

"我爸爸，"她说，"骂我了。他骂我时毫无感情，就像他长了镇长那张嘴，就像我并非他的女儿。就像他是镇长自己，就像镇的法律，比我这个女儿还重要似的。"

"就像死去的鲸，脑子里的油会硬化。"我说。

我继续着昨天的念想，想象着辣椒此时在哪里。是不是海底正有鱼群，用惊讶的眼神打量他永恒的栖息之地。世界上确实存在着某种边界，我想。一旦迈过那道边界，我们所曾经拥有的，便不再属于我们。

"你不高兴？"她问。

"没有。"我撒谎。

"不为我感到难过？"

"难过。"

"我们应当尝试着什么都不想。"我说。

"什么都不想？"她问，"那不是成了树？连鱼和猪都每时每刻想个不停。"

"像蜜蜂一样，"我想道，"想念那些细微精致的巢穴，而不要去想太远的东西。我们在我们周围寻找细微的东西，而不要去想念太远的边界。对，边界，就是这个词。不要去想我们去不了的地方，达不到的境地。"

在嘴上，我只是支吾着说：

"比如说，我不想别的，只是想念你。"

我做好了准备，打算吃一记耳光。若眯起眼睛，神情像一只猫初次看见一只未曾谋面的新品种老鼠似的。她线条柔缓的嘴唇轻轻地吁着气，阳光使她的脸绯红。有那么一会儿，她似乎相当困惑，掩映在她脸上的叶影完美地成就了掩护工作：我看不清她的表情。

"想念我，是吧？"她说，语气好像做手工的老头儿在掂量着木头。

"嗯。是的。"我略昂起鼻子，同样眯起眼睛半侧着脸望向她：这是我从镇上的水手们那里学来的轻浮动作。

她逼近了我。阳光中，她轻轻地把脸前的一绺发丝绾到耳朵后面，随即毅然决然地——想象一下我的惊讶——闭上眼睛，仰起头来。至少在我看来，这是明显的暗示：离我最近的是她的嘴唇。

我低下头去——时间似乎很慢，心脏像大海里暴跳如雷的鲸，阳光融化一切，从海滩到树林。一步的距离很遥远。有间不容发的细微时刻，我觉得腿发软，于是身体完全交给了惯性。我俩嘴唇那轻微的一触，像一个奇怪的开关。耳旁没有了声音，油漆匠使用白色把世界尽数粉刷。我们彼此远离之后，才听到脚步声。

我看到了罗望子，他站在香子兰树丛外，肥胖的脸上汗流得像蚯蚓一样。我望着他，等待他说什么。然而，呼吸过于急促使他无法开口叙述，只能用手指着天上——这动作看上去，带着神秘意味。我抬起头来，看到多变的风正在吹动，而大片的白云，凌驾其上。

是的，我的外婆，她化成了白云。

我爬上了屋顶，望到了烟囱旁我的父亲。烟熏得他眼睛红肿，不断流泪，但这并不妨碍他平静地望着我家门前的空地上，我那悲怆的母亲穿行于五张桌子之间，与包括镇长大人在内的三十一个宾客周旋。

我的左手扶着烟囱，烟囱中的烟不断升入天空，色彩慢慢由青黑转变为灰白，然后汇入白云。云流浩浩荡荡地飘远。外婆消失在天空中了。她那肥胖、松弛、宽厚、老猫一样的身躯，轻若无物地飘走。

"任何想离开地面的努力都只会招致坠落和死亡。所以只有摆脱地的引力才能不用坠落，更不会与大地相撞而死。"父亲说。

"爸。"我说。

"嗯？"

"我要闯进玫瑰园去。"我说。

父亲仔细地看了我一会儿，横飞的烟呛得他咳嗽了两声。他转过脸去，只朝我伸出手。我瞥了一眼：一束枯萎的红色植物，顶端有黑色的焦痕。

"在你外婆的摇椅旁找到的。"父亲说。

"这是什么植物？"我问。

父亲默然不语。

"爸爸，你认识这植物，是吗？"

"你必须变得很轻，像叶子一样轻，像泡沫一样轻，像风一样轻，变成烟。这样你才可以离开拘束你的地面。也许你会不习惯这种自由，你得付出一些代价。"父亲说。

我诧异地看着父亲。父亲笑了一声，然后攀着梯子下了屋顶。我轻轻地触了一下凤尾鱼的耳朵：它在我肩上呼噜呼噜地发出一些奇怪的声音，像个评论家一样思考着什么。

楼梯发出了不堪重负的吱吱声。凤尾鱼警觉地从我肩上跳下来跑到屋檐边，随即又跑了回来：一个庞然大物耸上了屋顶，随即张开两条腿瘫坐在烟囱旁——藏红花大爷。我第一次看见清醒状态的他。

"小子。"他说。

"您好。"我说。我不知道如何与他寒暄。一来不知道他志趣所在，二来不知道他脾气如何，三来不知道他是否清楚，他梦呓时，我对他发过某些大不敬言论。

"没有外婆了，很难过，哈？"

"还好吧。"我说，努力想显示出一个成年人的样子，"人总得习惯不断失去一点儿什么。"

"两天之内两个人死去。一个孩子，一个老太太。"藏红花大爷说，"这可不是很吉利的事情。灾风要来了吗?"

他出神地将视线投向远方,我顺着他高耸的鼻子望去:他目光摇摆不定地,望定了远方的玫瑰园。

"你会游泳吗,孩子?"藏红花大爷问道,眼神盯住玫瑰园不放。

"会。"我说。

"在海水中,你的身体会变轻。像被泡开的花朵一样,你的脚沾不到海底。你会沉下去,但又会浮起来。你会浮在海水中间,依靠手脚的挣扎——徒劳无力,很多的时候——来维持平衡。那时空气是多么可贵,陆地或者海底是那么遥远。"

"是的。"

"想知道你在外婆摇椅旁找到的是什么吗?"藏红花大爷问。

"您说。"

"其实你猜到了,对吧?"藏红花大爷说,"没错,那就是玫瑰花。只是时间长了,枯萎了。"

"玫瑰花?玫瑰园之外,还有玫瑰花吗?"

"我不知道你外婆是怎么藏起来的。我想说的是,"藏红花大爷说,"你外婆是燃烧了那些玫瑰花后,才化成白云的。"

他没等我答话,继续说:

"是的。你只需要点燃那束玫瑰花瓣,然后吸取那些奇怪的烟雾,就能够变透明,变轻,甚至能被一阵风带得飞起来。周围的风、阳光便会变成海水,你将像远离海底一样离开大地。真的,吸取了玫瑰花的烟后,你将变成另一个人。像播撒种子的飞鸟一样自由:这便是你外婆离去的秘密。这也是这个镇被掩藏的秘密。你当然可以把我的话当作梦呓,但是大多数时候我的话是真实的,只不过因为你们在梦游,于是不明白我的意思。不要过量,我的孩子。我仅仅是试图满足你的好奇心,你必须为自己的野心负责。抽了这束吧,这是你外婆偷偷藏起的玫瑰花,大概也是镇上玫瑰园外,最后一束玫瑰花了。你会变得很轻,船能够浮在水面上,并挂上金色的巨帆。你的身体像不断被倒空的玻璃瓶,不断地变透明、变轻。那些消失的部分将永远永远不再属于你。但不要吸下那致命的一口,在你的身体变透明变轻盈的时刻,不要得意忘形。否则你会因为某一口吸食而永远变成白云——像你的外婆一样。我只能告诉你这些,这是我保留下的记忆。我权衡了很久来判断是否应该告诉你。现在,你可以继续在这里思考,而我,要回去睡觉了。我的妻子还在下面等着我。再见,孩子。"

时间在流逝 之八

"好像阴谋都该在夜晚商量,是吗?" 若问。

"似乎是。" 我说。

"最后确认一遍,那束玫瑰花带着吗?"

"带着呢。"

"我们得用玫瑰花才能进去玫瑰园,听上去很好笑是吧?"

"是啊。"我说。

我挽着她的手走在月光之下,凤尾鱼快活地在夏夜的沙滩上刨出蹄印。海水起伏的声音伴随着重重的波澜,与蓝黑色的夜空遥遥相接。月亮勾的形状极其诡异。远方的海岬上空飞过奇怪的鸟影。她的手很冷,有时会忽然握紧一下,仿佛确认着某种存在。

辣椒沉没的海滩已在背后,玫瑰园出现在视野之中。我的右手握着外婆那束未曾烧完的玫瑰花瓣。奇妙的工具,我内心忐忑,仿佛要展开一场盛大的仪式。我们踏过灌木丛,来到玫瑰园前。

夜晚的玫瑰园有着某种庄严的美——那些密密麻麻得已经失去常规的、仿佛生命力顽倔的魔鬼一样生长着的、藤蔓枝节的、美丽的、宏伟的,玫瑰花,在夜色中散发着——也许出于我的想象——香气。我小心地绕过辣椒曾经俯卧的那片地——血已经被土地吸干,翅膀已经焚烧成灰。天使的影子不再留存。在玫瑰园高大宏伟的篱笆前,我和若站住,并仰起头。

"辣椒看到了什么?"我问,"你猜猜看?"

"他那时飞行的高度,大概够看清点儿什么了。只不过,他来不及说,就死去了。"

我们又一次一起仰头,我听见她在用力呼吸着。"我有些紧张。"她解释说。

"踩一脚脚下。"

她照做了,我也用脚踩了下地面:粗糙的沙石、泥土混杂的地面。鞋落在地面上时咚咚响。

如果玫瑰花的烟雾真能让我们飞走,那姑且就以这个动作,作为对大地的告别。

接下来的时间,我们默默无语地看着彼此。那一片玫瑰花瓣在我们中间被点燃,奇怪的紫色烟雾——在月光下看来十足诡异,足以吓得胆小的孩子屁滚尿流——在我们的鼻端之间氤氲。为了不浪费资源,我们谨慎而周至地吸取着一切:烟有着奇怪的香味,我感觉到自己有一点儿晕眩。我们吐出的气息显出空前的重浊。我注视着若:月光在她的左侧脸上摇荡着,圆润的颊,线条明晰,睫毛颤抖着。像幻觉一样——像我经常睡眠不足时发生的状况一样——月光不再被反射。她的脸不再红润得那么厚实:像抹上颜色的玻璃一样,某些光缓慢地渗透到了她的身体里。她像一个玻璃制作成的女孩。我知道我自己也是同样。

凤尾鱼站在我们脚边,用惊讶的表情看着我们——它的瞳仁里映出两个逐渐变透明的人。蓝黑的夜色和皎洁的月光缓慢地片段性地占据我们的身体应当占据的空间。似乎感到极度不安,凤尾鱼开始用嘴拱动地面,并跳来跳去。若试着跳了一跳:她的身体像不经力的风筝一样跃了起来,缓慢地上升,一直腾跃到一棵大树那样的高度——我抬起头望着,即使已有了充足的心理准备,我还是觉得这一幕仿佛梦幻。到达一棵树那么高后,若的身体轻飘飘地下落——像被抛撒在半空的纸制品。

"可以了吗?"我问她。我拉住她的手,试着踩一脚地面。我的身体亦与她一样轻轻弹起。早有准备的她,用力拉住了我,然而我们的身体似乎太轻,她亦脚跟离地。颇为知趣的凤尾鱼扑上来叼住了她的裤脚。我得以再次脚踏实地。

这就是飞翔的感觉吗?我不知道。

玫瑰花瓣燃尽了,熄灭了。若脱下了鞋子,赤着脚踩在沙地上:她的脚也变得半透明,依稀能够看到她足底的沙砾。我扯住她,使她不至于因为太轻而飞走。"我们需要互相扶持。"我提醒她。

我和若再次蹬地发力,我们的脚离开大地。若把鞋子从半空扔下,我像游泳似的,不断划动四肢,月光像海水一样笼罩在我周围;我们在月光里,向玫瑰园那高耸入云的篱笆顶端滑行。任何一个地方都可以成为借力点:篱笆墙的枝节、旁边伸出的树枝。我们互相拉扯着,像轻烟一样,直升向玫瑰园墙的顶端:那高不可攀遥不可及的墙顶,慢慢变近。玫瑰花束从篱笆顶探出头来,似乎在对我们微笑。来不及多想什么,我

第一部 玫瑰园

改变了身体的倾斜方向，努力把身体向前方伸出，并向后划动双手，试图将飞翔的方向由直线上升改变为水平向前。若帮助了我，她用力推了一下我，而我随即又拉了她一把：这使我的脚来得及在篱笆院墙上轻轻一蹬——

我们互相握着手，飞进了玫瑰园。

玫瑰园现在在我们的眼底了：这广袤巨大的花海，我们第一次从如此高的地方俯视它们。这瑰丽华美的风景，繁杂烂漫的、像魔咒一样吸引着我们困扰着我们的花园，如今在我们的脚下，在夜色里继续展现着魅惑的风情，以及奇怪的香气。这种香气自从玫瑰花葬入辣椒的棺木时，便对我产生着作用：它在提示着记忆，引诱着人的思绪进入过去。它使人回忆起某些时刻、某些色彩、某些感触。我们两个人像月光里的鱼一样浮游在玫瑰香的上空，我们试图让自己的身体向下倾斜，花枝的影子在我们周围拂过，使若的脸上不断流光掩映。玫瑰花不断碰触到我们的身体，花刺偶尔划过我的皮肤，让我感到疼痛。我们向玫瑰花海的中心滑翔而去。我们必须不断地调整姿势，以便避过密集的花刺。当我忽然意识到我们可以对如此庞大的花丛随意采集时，不可思议的非现实性便越发强烈起来——结果就是我们轻手轻脚地掠过了花海，偶尔好奇地伸出手，也只是珍而重之地触一下花瓣。

滑翔的速度颇难控制，我们必须不断调整身体的角度，好保持平衡；我时刻注意着方向，躲避着扑来的带刺横枝。前方出现了空隙：那是玫瑰园花海的中心，一个内圆。我更压低一点儿身位，并用力拉扯若：会意的她还了个推的动作。在彼此用力的复杂过程中，我们竭力地，让身体靠近地面。脚落地时寂然无声。我的身体果真已经轻到了这地步吗？若则从容得多，她赤着的脚在地面上轻轻一蹬，便站定了——连飞翔，她都学得比我快。

"看。"她说，向我伸出双手：她双手捧满了玫瑰花，都是她见缝插针地从花丛间采下的。确切地说，这是我们第一次近距离地触摸和观看到玫瑰花——辣椒棺木里的那一束，我们只来得及惊鸿一瞥；外婆藏起的那朵玫瑰花，已经枯得不成形状——我好奇地望着这些花瓣：月光下，这些玫瑰花仿佛在释放着最后的生命力，轻盈地颤抖着。

"这就是大家都想触摸的玫瑰花。"我像阅读教条似的说。声音空泛，完全不像我自己的声音。我被自己吓了一跳。

由于满地都是玫瑰花——生长着的，枯萎的，半腐烂的，被风吹落的——我都有些眩晕了。借着月光，我勉强看到玫瑰园内圆的中央，一个白色的台子。花朵散落在周围。我们有默契地走向那个白色台子。走路对我们而言，已经变得艰难：我们必须保持步子的轻盈，落地尽量轻软，彼此双手互携，否则，很容易便会忽然再度起飞，无法着地。

白色台子似乎是某种山石研磨而制成，中心被月光落下一片白，比周遭更为明亮。"水晶。"若说。

"所有的禁令都只是为了保护一些东西，不愿意被别人看到的东西。"我说。自从外婆化成了白云，我觉得，自己好像爱上了说些自以为警句的玩意。

第一部 玫瑰园

　　我们走近那白色的石台：透明的水晶呈现棺木的形状，水晶之上是无数的玫瑰花朵。
　　"好美。"若看着棺中的女子说。

　　她确实美丽。月白色的长袍一直裹住了她的脚。乌黑的长发从枕侧滑下。圆润的鼻子，轮廓鲜明的眉和眼，完美的唇形，仿佛随时都会展颜微笑。她很美。即使死亡也不能减却她的甜美。无数的玫瑰花铺就的阴影，不过是为了使她的脸上依稀有一些红晕——那是月光的功绩。有那么一会儿，我觉得她会坐起身来，微笑。
　　她是谁？她在这里，享受着所有玫瑰花的祭献，她是镇长大人——或曰法律——不愿使大众得见的永恒秘密。她是谁？
　　"我觉得，我大概猜出她是谁了。"我说。
　　"我也是。"若说。
　　"你也听说过，镇上曾经有过一场庞大的婚礼吧？"
　　"是。所以，你也觉得，这个死去的女人，是那个在婚礼上猝死的、镇长没能娶成的新娘，玫瑰？"若说。
　　"答对了。"镇长说。

　　火光忽然亮起，仿佛爆炸般迅速，因为惊愕，我和若都没来得及害怕；两个巨大的网兜——足够用来捕捉跟我们一样庞大的蝴蝶——从天而降。我们来不及跳跃或者逃跑，便被扑翻在地。网兜没有扣得很紧,于是我得以一骨碌翻过身来:火光中走过来的,是镇长大人和他的秘书。

"晚上好,孩子们。"秘书说,"这是镇长大人给你们的问候。"

我看到火光逐次地逼近,听到靴子踩着泥土的声音。若看到了她的父亲,站在军人堆里。军人们靠拢来,像渔夫观看网中之鱼一样望着我们。没有表情是种最残忍的表情。某一瞬间,我想到了辣椒。当然,他因为飞翔而被射死,我们还活着。我又一次想象他的痛楚和他的感受,在他虚空直坠时分。能够想象,也算是一种自由。

"有一点错了。"我说。
"嗯?"

我指了指我和若曾经飞翔过的天空,镇长大人、秘书连同军人们随之一起抬头:月亮已经偏西,时间已过午夜。
"早安,镇长大人。"我说,"现在不是天黑时分了。早晨即将到来。天要亮了。"

秘书看着镇长,镇长满意地点着头,然后,弯下腰捡起脚边的一朵玫瑰花,随手扔向水晶棺。秘书掏出夹在腋下的本子,开始念:

"镇之法律规定,严禁任何人服用任何药物试图飞越玫瑰园的篱笆。违反者将追究其服食禁药、破坏法律之责任,并送交首都。"

若望着她父亲,她父亲没有回过身来。我坐在地上,百无聊赖。我不敢动,因为害怕被一箭射穿心脏。我开始想念凤尾鱼,在月光下的它,不知道是不是已经逃回了家。

"这是,"镇长说,"就刚才,特意,为,你们,新立的法规。"
"谢谢。"我说。

第二部
首都

年轻的男子们刻意蓄着胡子,披着对他们而言过于庞大的甲胄,提着从未上过阵的戈矛,脸上激动的红晕,像醉酒的夜晚,正与美女情话绵绵。

飞越玫瑰园

百合花 之一

车轮辚辚之声，我们在囚车里醒过来了。人的适应力真是强大。被关进囚车的头两天，我百般不适，但此刻，居然都能在囚车里睡觉了。囚车正穿过清晨的首都街道。从带栏杆的车窗向外望去见的首都，多少让我失望：灰色的石头建筑奇形怪状，大多都像淘气的孩子在父母喊叫之前，匆忙堆筑的沙垒。每条路都似曾相识，驾驭囚车的车夫显然对地理不熟，不止一次地驭住车马，疑惑地翻弄地图。我与若交换了一个幸灾乐祸的眼神。清晨街巷静寂，只有灰色的风吹过，乍听像是患了重感冒的人，在拼命地呼吸。

"首都跟我想象中很不一样。"我说。
"我想我爸爸了。"若说。

七天之前，我们连同一堆邮件，被送上了囚车——根据车里的味道，我很怀疑，没罪犯或信件可押运时，这车也顺便押送猪。那是一个天色蒙蒙的早晨，空气里奇怪地荡漾着死鱼味。我没来得及看到凤尾鱼扑扇着肥胖的耳朵来为我送行。

若望着她的父亲，看她的父亲安静地履行一个军人的职责，与我们偶尔的眼神接触，也不带感情色彩。不愧为帝国的优秀军人。为了避免我们两个人过于轻盈,他指挥其他军人,为我俩套上重量颇为沉厚的外衣,穿上金属制的鞋子。最后他将我俩——其中一个是他的女儿——推上车时,依然面无表情。不知道是不是我想多了,我觉得他扶着若上车时,似乎多停顿了一下子。我和若听天由命地任他们把车门关上,随即没入黑暗:囚车只有小小拳头大的一扇窗,供空气出入。出于无聊,我们只好彼此猜测镇长大人在邮车离开时,是否朝我们礼节性地挥动大手。

若的父亲监督着囚车走到镇口时,我看到了藏红花大爷。

"我有封邮件,要送到首都去。"他对若的父亲说,"都是熟人,不用检查了吧?"

若的父亲看看他,一言不发。藏红花大爷自顾自地将一封信扔进了窗,看都没看我一眼,转身离去了。

我们试图拆开那些邮件来打发时光,但包装邮件的皮革粗硬坚实。我们只好背靠车壁,连同着那些传递好消息坏消息或者不好不坏平庸消息的邮件,一起被扔到了首都。每天在驿站,士兵给我们送一顿饭。有一天送了两顿。一开始,我觉得他们不尊重我和若的生理习惯——当然还因为我挺饿的——而备感生气,但随即明白,这已无关紧要。我和若从被捕开始,便失去了作为人的地位。在帝国心中,我们和邮件是一样的:传递信息,轻若无物。唯一的区别是,我们还能够张口说话,虽然说出来也未必有人听。

我在黑暗中摸到了藏红花大爷的那封信——很容易分辨,因为极其薄。若捏了捏信封，没等我阻止，便极自然地拆开了它。然后，她摸出其中的什么，放在我手心。就着窗口透入的微光，是两三片发黑的纸状物。若非我见识过我外婆留下的一束玫瑰花，我完全猜不出这是什么。

"玫瑰花瓣吗？"若问。

"有点儿像。"我说，"奇怪的是……藏红花大爷怎么会有？他亲口说过，我外婆那束，已经是最后一束了。"

几片枯萎的花瓣，并没什么难藏的：尤其对若这样长发蓬松的姑娘来说。在首都郊外的驿站，邮件被清空检查——被送进首都的邮件都需要检查——而我们被送上一辆新的囚车：这辆囚车比上一辆客气得多，更像一辆普通的轻便马车。我和若顺从地任由军人们为我们锁上脚镣，脚镣与车子的底座固定在一起。车夫看上去灰扑扑的，没有表情，没有特征，没有体味，没有惯用的肥皂味，像经过濯洗的矿石。

如我所述，首都的建筑紊乱、单调、狭窄、粗糙、堆砌又突兀。一切建筑都是粗粝的石制，高楼与平房交叉，路上满是泥沙和水坑。囚车停在一处狭窄的丁字路口，车夫正努力使马相信它应当向左，然而驭马固执地朝右。一片嘈杂中，被我们堵在后面的车马和行人倒还默默无闻等候着，没有愤慨，没有不满。他们似乎也习惯了等待。

车窗外走来一个女孩，就像一只被遗弃的小猫。她的眼神，让我想起当年我跟辣椒一起躲在角落，吞咽偷来的面包，深恐在面包未咽下之前，便被老板一把揪住。她捧着几束花，在我们车旁踮起脚尖。她的衣服还算整洁，但是很旧了。对于她那样矮小瘦弱的女孩而言，这衣服宽大得仿佛裹尸布。

"先生和小姐，买一束花吧。"女孩隔着车窗对我们说。

"我们养不活花朵，我们自身难保。"我说。

"这是，纸制作的，百合花。"女孩说，"和我的，名字，一样。我就叫，百合花。如果，你们需要，我还可以，送你们，一些枫糖。"

"你说话的方式很有意思。"我说。

"这是帝国的，规定。"百合花说，"帝国最新的，规定说，每一句话，不应该超过，五个字。这样，便于理解，也不会产生，歧义。最重要的是，便于管理。"

"我们是囚犯。"若指了指我，又指了指自己，"我们前途未卜，比纸做的百合花还要一钱不值。"她比画时，百合花看到了她半透明的右手，睁大眼睛。

"小姐，您的手。"

"那，仔细看，我们的脸也是这样的。"我指指自己半透明的脸。

百合花诧异地沉默了一会儿，说："那，也许，你们能见到，我的爸爸。"

"你的爸爸？"

"是的，他现在，被囚禁着。"百合花说。

我和若同情地看着她，而她似乎无所谓。

"你会感到难过吗?"我问。

"不。"她说,"首都的人民,有一些,被囚禁,有一些,不被囚禁。被囚禁的人,和,没被囚禁的,人,他们只是,在各自的,地方,生活着。就像两个,不同村子的,人们,一样。我只有,一点,觉得不开心。因为,我看不到,我的爸爸了。不过我想,还是,有机会的。"

车夫挥了一下鞭子。半空中响起啪的脆响。

"要走了。"他说,"别再多说话了。"

"我送你们,一样东西。"百合花说,她伸手递来一朵折叠好的纸百合。"这是什么?"我问。

"每位,要被送去,接受审判的,先生和小姐,我都会奉送,一朵花。希望他们,还有你们,能够好运。"百合花说,"我也希望,我的爸爸,好运。"

我们报以微笑。若伸出透明的手,将纸做的百合花接过,收入了衣袋。车恰在此时辚辚而动。

这是我和若在接受审判之前最后一次与人交谈——我们不打算把那个忙于查地图的车夫当成一个健全的人——事后,我们忆起这一段对话时,都承认因为百合花的缘故,我们的紧张情绪多少消散了些。在此之前,我和若都相信,首都的建筑与它的人民是一样的:每栋建筑、每条道路都彼此相似，每个人的面目与神情都同样灰暗。首都就像一个奇怪的大圆，像密不透风的铁缸底部。我们曾经无数次把昆虫放在一个铁盘里观看它们徒劳无益地攀爬，而少年时的景象在多年后重现。而百合花是一个异类，一道忧伤的阳光。是未被凝固的时间。

"她看我们的眼神有些奇怪。"我说。

"大概被我们吓到了。"若说，"凑近了看，我们俩跟两块玻璃似的——没看惯的人都会觉得奇怪吧？"

首都的历史　之一

在口耳相传的故事之中，如今首都的所在，最初是一片荒漠。头缠白巾的祖先们骑着耐劳的马来到这里，在风沙中失落了水囊。在风不吹袭的夜晚，银色的月光铺在沙砾满布的地上。而祖先们则深陷绝望，等待着次日早晨的马尿。然后，一匹白马立起身来。它吸着鼻子，在月光下显得狂躁而兴奋。它修长的四蹄击打着地面，用鼻子不断挖弄着地面。母马们惊讶地看着它健美的躯体因兴奋而扭曲。白马的主人惊疑不定地走到白马的身旁。后半夜，在白马驻足的地方爆发出了人们的尖叫。孤注一掷的祖先们在白马的鼻子下挖出了一口井。掺和着沙子的水被不断掬入人们的口中。沾满水光的胡子抖动着，笑声在荒漠上荡漾得很远。

天亮的时候,祖先们已经决定,要在这里筑一座城。

以井为中心的一座椭圆形城很快被造成。在井旁,充满敬意的祖先们为井的先知者白马筑起了一座马槽。在所有马匹嫉妒的眼光下,白马被喂以相比较而言最为新鲜的草料。太阳城在荒漠中立了起来。有了井水和雄骏的马匹,干麦、牛羊、陶器、纸、油料、树种和木材,被陆续运来。这座城市日渐繁荣。白马成为膜拜的对象。在最为迷信的居民结婚时,甚至会虔诚地拉来白马,作为婚礼的见证。

在享受了二十年荣华之后,白马抵挡不了风沙和烈日。即使马槽的顶上每天由殷勤的居民们更换柴草,白马依然在不断老去。时光的句点在一个午后无意间点下。少年端着陶罐走在饮马的路上时,惊讶地看见白马已经扑倒在地,闭上了眼睛。陶罐被摔碎在地。水流迅速被沙地吸收。奔马用它的飞毛腿跑遍了城的每个角落。最有经验的牧人确证了白马的死亡。人们哭泣着簇拥着白马。没有人愿意将它的尸体搬离。

决议随即做出。由闲暇的孩子们每天负责用树叶驱赶骚扰白马尸体的蚊蚋。即令如此,腐烂依然无可挽回地发生。为白马守夜的孩子在回家后呕吐、发烧,做起了白马腐烂成脓血的噩梦。数天后,居民们做出了决议。白马的鬃毛被小心地割下。涂满香料的尸体被火化。一两块女子食指长短的黑色骨殖被拣了出来,连同鬃毛一起盛放在一个精致的陶罐中,永久性地搁放在了马槽之下。天气晴朗的时候,阳光可以透过马槽上方的柴草,落入陶罐中,照亮那先知先觉的骨殖和鬃毛。

第二部 首都

在若干年后,这座由于一匹马的嗅觉而诞生的城市成为美丽的花园。这座城市的居民向大地的四周衍生出了一整个移民的国度,而最初的城市建造者构成了这个国度的议会。各地行旅从各个方向朝它前进。白衣如雪手执七弦的行吟诗人、肌肤黝黑的牵驼人、贩卖绒毯的商人、驾着满载纸张和海鱼车的车夫。他们带来名贵的花种、油料、调味品、纺织物、木材、贵金属,以求在首都栖身。

这座后来被称为首都的城市,最初的粗糙椭圆形被拆除,新的城墙由青砖筑造而成,而青砖的制作工艺来自于最初的行商。城墙范围扩大了十二倍,而且呈现正方形。来往的人们抬头看到巍峨的城墙时会哑口无言。人们从城楼下圆形的拱门中悄然走入。当你走进城门之时,抬头看到的便是那浑圆高大的穹顶。负责护卫都城安全的卫兵们便每天在这穹顶之下,傲岸地巡行。

首都曾经的建筑群是一片烂漫的木结构楼宇。阳光好的日子里,你将有幸看到一片海潮般起伏不定又波澜壮阔的建筑。那些木制的房屋由鲜艳的油漆遮盖了本来的素朴颜色,形状曲折。杉树、玫瑰花、丁香、紫苑菊、香子兰,这些缤纷夺目的树种与植物参差地在首都的市道两旁生长,骑马而过的富裕居民们会望见树皮上遍布着斑斓秀丽的花纹,巨大的树冠将绿森森的影子投映在整个首都。他们会为植物发出的馥郁清香而沉醉。

曾经的首都,建筑由城墙包围。而在城墙之内,布满木结构的平房或是小楼,居住着人民。一部分是最初建筑城墙的探索者,更多的是

飞越玫瑰园

　　远来的迁移之民。而由南往北走，穿过民居，就是商业区。葡萄、海鱼、木材、香料、矿石、动物标本、花卉。你可以寻找到所有你试图寻找的东西。商人们赶着骆驼、牛羊与马匹，载着各地的奇珍异宝，日夜兼程地来到这里。随着马车辚辚而行，我和若曾经走过的地方，可以看到不计其数的橱窗：彩色铅笔、玻璃工艺品、地球仪、蝴蝶标本，以及野牛的头骨。你将会看到草坪、树荫、花园、喷泉，以及动物园。

　　在新的首都被禁止回忆过去的首都。议会宫殿被河水包围，建筑在一个庞大岛屿之上，秋季黄昏细雨沉浮之时，撑一柄伞走在河面的岛屿上时，你可以望见首都的河道中，还有着无数或正方形，或六边形，或圆形的岛屿广场，由无数平直的青石拱桥或是木制浮桥互相连接着，漂浮于穿城而过的河流之上。居民们会牵着毛色鲜明的狗来到广场漫步，观望着静静流逝的蓝色河水。会有行吟诗人在新月形的拱桥边弹奏着七弦琴，唱着旋律变幻的歌曲。致力于钻研艺术的画工会寻找到合适的角度，将颜料泼洒在纸面上。在那些圆形广场上，有研究几何问题的学者，用圆规勾画首都的结构。在那些零星分布的岛屿上，少女们将会彼此散步并交换内心的秘密，小说家和记者阅读着被遗忘的书籍，而石匠将精雕细琢地修整被损毁的石阶。在石匠的身旁，温和的灰羽鸟俨然哲学家一样注视着他的每个动作。已届中年的人们坐着马车从河旁经过，对年轻人的姿态予以称赏。

　　那个盛放白马骨殖和鬃毛的陶罐被放置在了议会宫殿的大厅里，并被搁上了一个玻璃罩。它象征着这座城市以及它衍生开来的国度最初

第二部 首都

的形象：在绝境中求得生存、勇气、自信以及梦想被开拓的一切。它成为城市乃至国度的图腾。被遗忘的首都在过去的时间中像花园一样洋溢着色彩。而它的缔造者们则在记忆中吹着口哨，漫步离开。

觐见与审判 之一

我和若见到国王之前的行程，描述起来煞是麻烦：你无法在一个充满镜子的房间中找到自己。简略而言，我和若被那辆灰色的马车，带到了一座高耸入云的灰色的堡垒之前。堡垒耸立在一片巨大的沼泽中心，粗笨的岩石垒就了这头巨兽的身体，洞开的大门吞噬着一切。我和若走在通往宫门的长吊桥上，吊桥下的河沟中是灰色的淤泥，沼泽四面布满高高的堤坝。春末的气息还没来得及浸透到这个世界，越接近堡垒，我越觉得寒冷。客观而言，堡垒煞是雄伟。但它就像没有眼睛的野兽，只负责将我们这些渺小的人，吞入它的巨口。

我和若在门口各得了件类似于外套的灰布袍。我们顺从地套上了它。经历了几天半透明的轻盈人生，我俩已经能适应自己的分量了。只要脚下不猛然发力，我们便可以控制自己不飞起来。穿上灰布袍后，若细心地用手指确认了放在衣袋里的纸百合。我们踏入幽深的门廊，看到

飞越玫瑰园

了无数披着同款灰布袍的人列队而行,长长的队伍在堡垒穹顶下无声前进,像寂寞的蛇。而蛇的脑袋被卡死在两扇灰色的大厅门前:那大概是我们此行的尽头。

巡点搜查的士兵路过我们的身旁,他用戈指着我和若。我们各自拍了一下袍子。

"什么都没有。"若微笑着说。

士兵离开了我们,朝我们的身后继续盘查:毕竟比起兜里动辄带着面包、锉刀、银币、怀表的诸位,我俩看上去确实孑然一身。我感到若的手指在寻找我的肘。我顺从了,让她搭上我的胳膊;我感觉到她把额头轻轻靠在我的肩背上。她的手指落了下来,像确认似的,躺在我的掌心。我握了一下她的手指,我听见她吁了口气。

由于穹顶遮住了星辰,我不知道轮到我们接受审判是什么时候了。我无聊地用加重过的鞋底轻叩地面,想象自己如果就地飞翔起来,是否会升到天花板?我当然知道,一旦我如此做了,会在须臾间变成一只刺猬。卫士们的手中持着长戈与弓弩呢。以及,身处灰色的人群中,我发觉我的胆子似乎变小了。我们习惯了安静,会自觉地噤若寒蝉,虽然堡垒里并没有人喝令安静。我和若默默无语地挪动着步子。堡垒里太灰暗,走廊狭窄,我看向她的脸时,也只会看到一片灰色的脸颊和目光。

路过一条走廊。走廊的侧壁布满紧锁的铁门。卫兵们手握武器站在门旁，神情肃然。排队到这里的人们有些紧张，大概在猜测门后是否藏着他们的命运，于是走廊里一时充满了细如蚊蚋的交语之声。人们靠语言交流彼此的骚动、不安、惶惑与恐惧。我则和若无聊地打赌。

"这扇门里锁的是金币。"

"这扇门里锁的是书籍。"

"这扇门里锁满了猪。"

"这扇门里锁的是干透了的调味品。"

终于排到大厅之前了。守门的卫士向我们示意跨进大门，我和若随即踏入了大厅——依照我们的想象，这就是帝国权力的中枢，她的父亲和我的父亲，都未曾目睹的大厅——然而我们失望了：重门叠户不过是虚妄的遮掩，大厅延续了前一重门厅的灰暗。

一个少年——大概与我们年龄相仿——远远地坐在石阶上的王座中，手里把玩着一个玻璃瓶，他身旁站着一排灰衣人。大厅两侧的烛台肃立着，墙壁上影子摇摆。我在墙上寻找着自己的影子：那稀薄而又淡漠的、半透明的影子。

排在我们身前的一个犯人，像灰色的提线木偶似的迈上了石阶，在石阶的半途自动站住。

站在少年身前的某个灰衣人说话了，音调顿挫得像在敲击石板：

"说你的罪行。"

"说实话我可什么都不知道我得求您给说清楚一点儿道理首相大人

"噢不首相阁下我只不过是个普通的画匠我的老婆很啰唆所以我每天早早离开家到野外去画画我不知道为什么就被捉入了宫殿被关了这许多天……"

"简短点儿。"被称为首相大人的灰衣人,语调让人毛发直竖,"你不知道新颁布的断句规范吗?"

"我……"

"陛下。"被称为首相大人的灰衣人对少年微微俯身,"这个画匠因为画首都的城墙时,用了与现实不相符合的红色。虽然也许是无意的,但也不能排除他有利用艺术作品丑化首都的动机。我的建议是把他关押二十年,您觉得呢?"

少年连眉毛都没有动一下。须臾的缄默后,被称为首相大人的灰衣人摆了摆手。画匠被卫士们拉了下去。人群向前移了一位,我和若随着队列前进。烛光闪耀在这如黑夜般沉寂的大厅,灰衣的人群像荒野上枯死的树木。

"说你的罪行。"

"首相大人,您好;陛下,您好。简短点儿说。我是个诗人。与那些家伙,玩弄文藻的,讽喻时政的,都不一样。您看,我的每句话,都合乎规范。我个人,从未试图,危害国家。就让我……"

"陛下,"首相大人象征性地尽了聆听的义务后,便微微俯身开始禀告,"这个人似乎是在写诗时诽谤政治了……我觉得,对付这种人没必要太同情……"

"首相大人！您不能擅自给我定罪！我的诗歌从来只是歌颂帝国，怎么可能会加以诽谤！您听我说首相大人！"

首相竖起右手食指："你没有权利议论帝国，遑论赞扬或者批评……带下去吧。"

"说你的罪行。"

"……"

"陛下，这个人似乎是个哑巴。他在自己的后院种植了一些未被列入栽种许可品种的花朵，包括紫苑菊和百合花。我想，这个人没什么谈论价值。带下去吧。"

"陛下，这个人似乎是私自圈养了严禁在首都圈养的动物，呃，就是猪……陛下没有必要知道这些污秽的动物具体是怎么回事。有害的动物和有害的言论一样，会对首都和国家形成妨害，我个人的意见是，把他关押个五年再说。"

"陛下，这个人在市区公开场合食用劣质的饮食，损害了首都的形象。我个人以为……"

"首相大人！如果不是穷困到没有房屋没有食品的地步，我又怎么会在露天吃粗粮呢？"

"嘘。"首相大人又一次在嘴唇前竖起食指，"不要打扰到陛下……

无论穷困到什么地步,你都有维护首都居民形象的义务。而在公开场合食用不符合饮食规范的食物当然是触犯法律的……"

"我有个问题。"国王说,他第一次抬起头来。彼时我已离他不远,我清楚地看到他的眼珠呈现奇异的灰色,"没有钱购买粮食吃,您为什么不食用肉类或者海鱼呢?"

"陛下……"首相说,"对于这类贱民,您没有必要一一对答……好了,把他带下去吧……下一个。"

"陛下,这个人似乎种植了未被允许公开陈列的花卉……他破坏了首都的统一规划,间接地使居民的生活环境受到了影响。我建议,把他关押起来,并且把他种植的花卉焚烧干净为好。"

"陛下,这个人似乎私藏了奇怪的书籍。书籍上有一些陈述是未被许可的。我建议,为了避免一些对政府的误解扩散,我们需要把他关押起来,而那些书籍则予以销毁……"

……

"陛下,"首相灰色的眼珠在我和若的脸上一溜,"他们俩似乎私藏了某种未被许可的植物,擅自吸取了那种植物的违法成分,并且进入了所在城镇的禁地……这种植物对他们的身体产生了副作用,使他们变得异于常人……"

年轻的国王抬起头,好奇似的打量着我们,似乎在寻找"异于常人"的所在。我站得近了,能看清楚他手里握着的玻璃瓶:其中攀爬着数只白蚁。它们围绕着片段的碎木,贪婪地噬咬着那细密的纹理。我能够闻到檀香木那怪异沉郁的香味,而国王正将手边的碎木,一块块地塞进瓶口。

"异于常人?"国王问道。从咫尺之遥的距离听来,他的声音像石匠轻轻敲击山峦的根基,带有奇怪的回音。

"是的。"我抢在首相大人之前说,"您大概发觉了,我们的脸色和手足透明,看上去比其他人更轻盈,不是吗?"

"咄、咄、咄!"首相大人说,"陛下,真抱歉让您听到这些不合语言规范的对白。您尽可以把这个罪犯的话当成谎言。他接触的违法植物可能使他失去了诚实……"

"但他们俩确实和一般人不一样。"年轻的国王说,"他像一块有颜色的玻璃。"

"不仅如此,我们还可以飞翔呢。"我继续说,"您想象过像鸟一样飞翔,像云一样飘荡的生活吗?人并不长有翅膀,但我们并不是不能够同鸟群一样……"

"咄、咄、咄!——陛下,我觉得现在已经没有讨论的时间。我们需要处理下一个犯人。我们不能让谎言污染您的耳朵。请您低下头去观望那些白蚁,让臣等来为您解除烦忧……"

"等一下,"国王陛下对即将被带下去的我提问,"鸟是什么?"

我与若重新步上漫长的道路,眼看着烛光将自己的影子拉长。我们离开了大厅,走过狭长的走廊。我忽然明白了,我和若的自由日子已经结束。从此,我们就是囚犯了。在走向监狱的路上,我心神不定,若则在思考着别的。在踏进监狱前,若看了看我。
"他应该从来没有见过飞鸟。"
"谁?"
"我们的国王。"

百合花 之二

爬了许多层楼梯后,我猜我们到了堡垒顶楼。洞开在我们面前的狱门,是两扇灰色的巨石。当我和若走入监狱时,却意外地看到了天空。

监狱位于堡垒的顶端天台,是一个巨大的圆形玻璃罩子。犯人们就被关在这个玻璃罩子中。已是午夜时分,灰色的云翳使星辰的影踪若隐若现;玻璃罩下,犯人们分堆云集,犹如抢夺蜜糖的蚂蚁。

第二部 首都

　　我们像昆虫一样被赶入了这个巨大的玻璃容器。玻璃器皿中似乎一无所有——除了此前已经排列其中的、像枯枝败叶一样的灰色人影。

　　后来，若回忆说，她在走向玻璃监狱的大门时，依稀看到了平台角落的一只黑色的鸟。但我将之理解为，她渴望自由的心情需要某一种寄托。我的理由是，当时已是午夜时分，她在黑夜之中无法看见黑色的鸟。就像一个囚犯在监狱里永远看不到自由。事实上，直到玻璃的狱门在我们的身后关闭，我都无法使自己完全接受这一事实，即：我们已失去了自由。

　　在监狱中的第一个夜晚很是难熬：这个巨大的玻璃棺材里一无所有。相熟的犯人们彼此成堆絮叨，我和若则手拉着手，心惊胆战地在看上去并不友好的人群间穿梭，像被抛入鲸群的小鱼，揣测着周围目光的主人是肉食性还是素食性。罪犯的哀叹和埋怨之声像发酵的谷物一样不断生发。嗡嗡的噪音使人怀疑自己置身于夏季的丛林。随着阴云的流动和隐没于云后的月影推移，躁动不安的新犯人们陷入了第一轮寂静：他们似乎开始接受失去自由这一事实。我和若找到一个靠玻璃壁的角落坐下来。我无聊地轻敲玻璃壁，确认我们与外界之间透明的阻碍。士兵用带着嘲讽意味的眼神瞟了我一眼。

　　天亮起来的时候，不堪疲惫折磨的人群大多沉寂了，有些还陷入了酣睡。天亮之后的玻璃监狱，与我的第一印象感觉不同：毕竟是透明的，你看得见监狱外的一切。微微有阳光从乌云间透出，稀疏的鸟群落在了监狱的顶棚。我抬头凝望了一会儿：监狱的顶棚，是一块硕大的玻璃，密密麻麻布满了细孔，仿佛蜂窝。制造监狱的人，显然体贴入微地照顾到了犯人们的呼吸，靠这些细孔让空气出入，偶尔还有鸟的鸣啭。我仰起头打量那些细孔，却遭到了炫目的光照。我看看监狱外那些卫兵：他们高傲的鼻梁沐浴着阳光，显得毫不在意。

　　借着晨光，我和若开始打量监狱中的人群——男女各有一定份额，相对而言，青年的比例似乎更多一点儿。虽然同样一色灰布袍，但老囚犯们很容易判断出来：他们头发更灰，额头皱纹如树皮，脸色灰得仿佛吞了火药，脸上带着一种麻木的黯淡，一种平静的逆来顺受。新囚犯们多少会躁动：他们因为想象力的丰富而不安,因为新被纳入监狱而恐慌。当然，失去自由这种事，本来就需要时间来慢慢体味。对大多数囚犯而言，需要的大概是花点儿时间来确认自身处境。若的目光颇为茫然，不时回过头来寻找我的回顾：显然她和我一样，都没找到让人乐观的所在。现状令人无法乐观，虽然我们还没有来得及绝望。

　　我和若手拉着手，沿着监狱的玻璃廊壁步行，用自己的脚丈量着透明的监狱：如前所述，这是一个嵌在宫殿顶部平台上，通体玻璃的巨大罩子，除了几个隔间被较为模糊的磨砂玻璃单独分割以作为厕所，其余的监狱空间仿佛一个大广场：广袤又一览无余。我们甚至能居高临下，看见首都的景致：没有树，没有花朵，没有任何植物的痕迹。低矮的石头平房像无数龟壳一样在我们的脚下延伸远去：这就是首都。灰色的云与灰色的房屋一样,在天空悬峙。

　　淡薄的阳光转到某个角度的时候,神色黯淡的囚犯熟练地支起了身体,慵懒拖沓地向监狱的门移动。我看到一个硕大的玻璃管被推到监狱门口,冷眼一看,像一条灰色的狭长鲨鱼;一部分卫兵用武器护卫着,另一部分卫兵则齐心协力把玻璃管推向监狱门。我和若随着人流向门口拥去,不出我所料,监狱门打开后,玻璃管伸进监狱里:其中是面饼和水囊。

　　这大概就是囚犯们的早餐时间。在玻璃管死气沉沉地离去后,漫长的上午正式开始。我和若坐回墙角,开始无聊地计数。面饼和水囊足够多,味道也没好到能令囚犯们存心争抢。这个玻璃监狱里,每个人都缺少欲望:无论是食欲还是其他什么。百无聊赖的人群移来移去,像蚂蚁和蜜蜂一样在不同的群落里驻足或者移动。每个人的衣着和神情大抵类似,于是计数相当费时。这对我和若而言是好事,我们需要想法子忘记时间流行的缓慢。我竭力避免去想消极的念头,但我的意识里,不时闪过多年之后自己的样子:与其他老囚犯一样苍老颓唐的样子。

　　"这里也许是我们的坟地。"若说,"我们从现在开始慢慢死去。"

　　她微微一笑,似乎想告诉我她是在开玩笑。然而她的话语像船锚坠落大海一样,劈向我的心底。她说的是事实。我企图心存希望,但看不出哪里有希望。

　　若用灰布袍上脱落的丝纠结成带子,随后嘴咬着带子,将披落的长发编成辫子,然后扎了起来。我注意到这段时间失去自由后,她的脸型已趋消瘦。原本线条柔和的下巴略微变尖。随后,她将手伸进衣袋,取出那纸做的百合花。

"在我们死后它依然会盛开。"若说。
"这是这里唯一的花朵。"我说。
"严格来说,不是。"若指了指自己的长发。我知,她头发里还藏着那几片花瓣。

若把百合花别在了衣襟上,我们靠在墙根,听着周围的人无聊地唱歌。好在我们没被剥夺歌唱的自由。有些晚醒来的囚犯睁开眼睛,一脸都是"我怎么会在这里醒来"的迷惘,大概他们还没习惯监狱生活。无缘无故地有人发笑,无缘无故地有人哭泣。大多数是叹息声。我无聊地敲着周围:墙壁、地板。玻璃发出了干巴巴的回应声。我想到了玫瑰园的篱笆墙。我们总被关在各种墙里头。不是这个,就是那个。

最初的几天似乎过得相当缓慢,在惊疑和惧怕之后,每天按时到来的饮食,消磨了囚犯们的恐惧,但也让他们麻木了。新囚犯们的表情不再像紧缩的木料一样纹路鲜明,而开始试着左顾右盼。前辈的囚犯们并不主动地与新来者搭讪,但是人是需要交流的动物。新囚犯开始试图与老囚犯扎堆。我开始想念凤尾鱼,想念我的父亲和母亲,但我想象不到更远的东西。灰色的视野限制了我幻想的边缘。出于某种类似于懒惰的情绪,我开始遗忘和忽略很多事情。在我放弃了记载时间的习惯之后,似乎时间的流逝开始变快。

"真奇怪。"若说,"我们居然是在这里开始相处的。"

将监狱作为相爱的场所令人诧异,然而这确实已成为事实。我和若像手无寸铁在丛林里行走的人,需要学习对抗无趣的生活。我和她度过了最初的监狱生活之后,开始与周围的人熟悉起来。最初的友谊来自于互相递送面饼和饮用水。并非是谁率先去进行交流,只是在玻璃的监狱里,人们想必都彼此有酬答的需要。大多数的交流,都是这么开始的:
"你是因为什么事进来的呀?"
彼此倾诉过如何冤枉之后,当然便是讨论客观环境。比如,"这地方真倒霉。白天那么晒,晚上那么冷!"
"到夏天才倒霉呢!得被活活晒死!"
"放心吧,首都的夏天也不晒。这里的鬼天气老那么阴云密布。"
我们并没有与任何人混熟,我们只是开始习惯囚犯生活。士兵们并不禁止我们交流或唱歌,只是身处玻璃壁外,用他们的存在,暗示着我们失去自由的事实。这座监狱并不扼杀我们,只是缓慢地消磨我们的耐心和希望。时间是它的帮凶。

在某个黄昏时分,难得的晴天。我和若观望灰色云霭下浮动的晚霞,我不由自主地想到了外婆,并回忆起香子兰的味道。也就在这时,一个身材高大的男人在我和若的身旁坐下,并向她予以瞩目。在我们还未来得及对此表示不快之前,他用一句话打消我对他不友好的联想。

"百合花,"他指着若衣襟上那永不凋谢的花朵问道,"是一个,卖纸百合的孩子送给你的吗?"

我和若的目光同时落到那个男人的脸上。我们囚禁生活的车轮,从此开始改变轨迹。

首都的历史 之二

有些人说,许多年前的那个黄昏,无数灰羽鸟集体离开首都,预示着之后的战争;更多的人漠视这种迷信的说法,只单纯地相信,鸟群的离开象征着秋季到来。那一天,掠过首都无数森森杉木阴影,飞向暖风来处的灰羽鸟们,并不知道这是它们最后一次离开首都。

关于那年的战争,首都流传着这样的故事:一群凶恶的海外殖民者,已经在东方的海岸小镇登陆。他们裹挟着马队与军械,沿途居民退避三舍;他们踏平所有的城镇,像泥石流一样向首都挺进。他们的制服是灰色的。

给首都带来这一消息的,是一个从海滨小镇逃亡来的青年。这一消息吓跑了首都所有的流动商旅,他们和灰羽鸟一起,跌跌撞撞地离开了首都。"那些强盗也许和商人一样,是灰羽鸟的呆笨近亲。"一个爱开玩笑的首都官僚说。这句话大致可以代表首都居民对入侵者的看法:他们觉得殖民者强盗与灰羽鸟一样易于应付。那个小镇青年申诉的恐怖景象,完全不在首都人民的眼里。在他们眼中,来犯的敌人不过是鸟兽的党羽,一阵秋风就能把他们赶走。

灰羽鸟离去的次日早晨,首都的女人们站在阳台上,目睹着父亲、丈夫、情人、兄长、弟弟、儿子们列队穿过花园、长廊、拱门,在一个个喷泉广场处集合。年轻的男子们刻意蓄着胡子,披着对他们而言过于庞大的甲胄,提着从未上过阵的戈矛,脸上激动的红晕,像醉酒的夜晚,正与美女情话绵绵。年长者从容不迫地点着数字,喝止着企图出列的马匹,并不时与身旁管理食物和饮水的官僚轻声叙话。杉树的绿意粉饰着少年们的豪情,他们在骑马路过街道时,各自找寻沿街窗户和阳台上自家的女眷,并将对方送予自己的丝织品,轻轻放上嘴唇示意。大多数女子激动得手按胸口,满脸通红。她们不顾一切地挥舞着手帕,向队列里稍纵即逝的意中人致意。

"我多希望能多有几次这样的出征。"一个少女说。"是啊,那样我们可以经常看见他们穿着这样漂亮的军装,像个男人一样上阵了。"另一个少女更直白地道出了所有人的心声。

军队在议会宫殿前的广场集中,整理队列花了相当长的时间。首都议会的几位领导人负责统率军队:他们是最初率领马队来到这片荒地上,看着白马在沙地上嗅出水源,并建立起首都的那几个人。如今他们已须发皆白。时间磨洗了他们年少时的锐气,但他们的勇气和信心从未改变。为出征的勇士们奉上美酒后,几位元老施展舌辩之才,向大众阐述了他们的心愿、理想和斗志:"我们必须像驱除危害植物的虫子一样,将我们国度上的野蛮恶势力击退。"

他们的号召获得了大家热烈的鼓掌,而被关在楼台里、被叮嘱不要参与战争动员的妇女们,则在远处的阳台上继续为自己的亲属叫好。

太阳升起,首都所有的适龄男子都跨上马匹,手握军械,身披铠甲,由那个带来消息的青年做向导,从首都的东门,迎着日光前进。有几个年轻人过于激动,过城门时险些从马上跌下来,博得了一片友好的哄笑。他们红着脸,咬着嘴唇,用脚后跟敲击马的肚子,留下一串蹄声。首都最后几只未离去的灰羽鸟站在城墙上,俯视着军队整齐的行列,向远方太阳升起的地平线巡行。在最后一个适龄男子离开首都之后,沉重的城门被老弱的城门吏关闭。妇女们得以离开阳台和窗口,开始为自己牵挂的男子祈祷。

百合花 之三

与我们搭话的这个男人身材高大,似乎是畏惧寒冷,他囚服衣领提得很高,遮住半边脸;浓密的须发仿佛丛林。我和若望着他蹲下身子,做了个仿佛要摘取的动作。"百合花,"他重复道,"是一个,卖纸百合的孩子送给你的吗?"

"是的。"若说。

男人伸出右手,像乞讨者一样张开着,掌心向天。他不再发言,我和若在数了几次心脏跳动后,才明白他的意思。若将衣襟上的纸百合摘了下来,放在了那个男人手里。他手一闪之间,我注意到那个男人的手有些透明——和我们的手指类似的那种透明。男人将纸百合藏入袖中,站起身来,若无其事地走开。

我和若目送着他缓步而行。他继续像怕冷的鸟类,将身体缩在囚服之中。一群囚犯在无聊地拍手作为节奏,而另一群囚犯则混合着节奏跳舞。他绕过跳舞的囚犯们,没入远处的人群中。

"你注意到他的手了吗?"我问。

"一开始就注意到了。"若说。

晚饭之后,囚犯们无聊地躺在彼此默认划分的地域。有人开始无聊地说故事,而更多的囚犯无聊地拍打肚子,并诉苦似的将细瘦的胳膊展示给人看。我和若做了一会儿绕口令的游戏。作为胜利者的我吻了两下她的鼻子。她将鼻尖凑向我时,我又想起初次吻她那天,以及外婆变成的白云。接吻的感受其实并不只限于嘴唇的接触,而在于两个人彼此毫无防备地,将脸庞贴近……近夜的风声像潮汐一样汹涌,卫士们按部就班地换岗,新来的卫士们继续无视囚犯们的嘲噪。玻璃的狱壁保证了犯人与卫士彼此隔离:囚犯们的嘲噪,只能拿来自娱自乐。

那个男人再次出现在我们身边时,出于谨慎,我和若也将囚服套紧。他跨过人群走来时步履轻缓,像散步的羊。他在我们面前盘膝坐下时,若轻轻地把囚服的下摆抽了一下。这个谨慎得有些不友好的动作,使那个男人的眉头微微一蹙,仿佛被烛火烫了下。

"我该感谢你们。"他说。我原以为他会伸出手。但他只用深藏在茂密须发间的目光,来回打量我们。

"没什么。"若说,"如果那个小姑娘是你亲人的话,我们大概就是,无意间做了个邮差,传递了一封信罢了。"

他沉默了一会儿。

"亲人,嗯,怎么说呢?说是亲人,也没错。"他似乎陷入了冥思。

"我没猜错的话,"我说,试图显得友好一点儿,"您应当是她所说的,爸爸?"

"爸爸吗?她这么说我的?"

想必是我和若的眼神流露出了更多戒备之意,这位先生泄气似的呼了一声。他似乎在斟酌该说出多少。我则在斟酌该对他表示多少真诚。

"是,我是她的爸爸。"男人用事务性的语气说,随即又蹙了蹙眉。我相信他之前已贮备好了说辞,但大概还没想好具体怎么说。

"好吧。"为了避免持续的拖沓,我先开口了,"都是囚犯,我们没什么好隐瞒的。坦率地说,我和我的女友一起犯了罪,被关押起来;我们在接受审判前,偶遇了你的这位,就算是女儿吧;她什么都没跟我们说,我们什么都不知道;我们对你没有敌意,我们对你有点儿好奇,但我们可以克制。就这样。"

须臾的沉默,他又一次用目光扫过我和若的脸后,轻轻地点了一下头。

"我猜,你们没有仔细拆解过那朵百合花。"他说。

他的袖子一翻,露出了一张布满折痕的纸。纸上平铺着几枚看似植物种子的颗粒。根据纸的色泽,我看出了那是被拆解开的纸百合花。

"那个孩子想把这点儿种子给我。"男人说,"她不知道怎么办,只好用这种冒险的方式赌一下运气。她看中了你们,觉得你们可以见到我。"

"倒不失为一种传递的好方式。"我对若说,"还要感谢那些士兵粗心。"

"士兵们只能查出一定重量的东西。他们对那些轻便小巧的事物并不重视。"男人说,"所以,有人可以偷偷带进纸张或炭条之类。不过士兵们所以不在乎,是因为所有人都有进无出。那孩子也不知道监狱实际上是怎么样,外面的人没人知道。"

"为什么没人知道?"

"因为进来这里的人,没一个有机会出狱去传播这一事实。"男人说。

"不是有刑期长短的规定吗?"我问,"刑满不会释放?"

"不会。"男人说。

我和若看到了彼此脸上的惊惶。我们的确没太抱什么希望,但正面听到如此事实,多少有些不适。那个男人如呵护珍宝般,将花种与纸藏入袖中。周围的囚犯打哈欠之声不绝。男人坐近了一点儿,声音压低:

"那孩子并不知道这里面的秘密,她什么都不知道,所以只有将这个想法传递给我。无论如何,我们可以想法子把计划付诸实际了。我想,你们会愿意帮助我。"

"计划?"

"是的。但恕我还不能全说给你们听。我没有恶意,只是,嗯……"

他沉默了一会儿,说:

"不介意的话,我可以和你们讲一下首都的历史。"

第二部　首都

首都的历史　之三

　　首都的军队出征迎击殖民者之后的几天,首都的妇女们无聊地喝茶聊天,因为眷属的离去而深感孤独。她们偶尔在街上相遇,在杉树的阴影下聊天。在对话的时刻,她们无时无刻不感到孤单,感到身边少了一个必要的影子。"他快些回来吧,我再也不骂他了。"一个性情凶悍的女子委屈地说。在身边少了理所应当的伴侣、平时思虑的中心后,她们陡然发觉自己的生活失去了重心。"他把满屋的回忆留给我了。"一个妇女谈及她的丈夫时说,换来的是邻居的数声叹息。

　　这样的等待延续了十天。第四天到第六天,下起了连绵的雨。第七天雨停了,但天色阴沉,乌云不散。她们不知道,她们再也看不到晴天了。

　　第十天的早晨,看守城门的老人在城楼上迎着灰色的晨光,慢慢地刷牙。他衰朽的牙齿总带有令他自己厌恶的异味。他抬头,意外地望见远处地平线上,乌云涌动。他扔下牙刷,兴奋地跑去敲钟:人马归来啦!

　　早起的妇女们听见了城楼的钟声,于是离开了水井、织布机、餐桌,穿戴一新,戴上了首饰和花朵,前来迎候她们的爱人。最后几只残存的灰羽鸟伫立在城墙上,看着妇女们合力打开城门。年轻的妇女手捧玫瑰花,踏上了首都城外的黄土。她们激动得满脸通红,不时低头抚一下自己衣衫的下摆、袖子和腰带。年长一些的妇女们则站上城墙,望着那片乌云。

一个突兀的人影在骑影的先头,跌跌撞撞地行走,像沙漠里找不到水的流浪汉。看到首都的城影时,他仿佛终于用尽全力,一头栽倒在地,激起一片尘沙。他背后,马蹄声毫无表情地响着,仿佛催命的铃铛。他于是强撑起身,摇摇晃晃地走向城门。

妇女们认出来了:那是十天前从海滨小镇跑回来报信,然后作为向导,带领军队出征的青年。

到那群马队近在咫尺时,迎往城外的首都女人们发觉,她们需要一些时间来接受事实。她们茫然无措,手捧的鲜花落在地上;更有甚者,有人失去了平衡,一跤坐倒在地。由于背着阳光,又过于靠近,那些坐在马上的骑士面目模糊,难以看清。但他们身上,穿着确凿无疑的,传说中殖民者的灰色军服。大多数马匹的尾后,都拖着一具尸体。

马队领头的殖民者戴着象征地位的高头盔,他的额上有一条凌厉的疤痕。路过城门时,他右手挥马鞭,娴熟地一击,扬起了地上的花朵,左手拈住，嗅了一下，皱了皱眉。

"这是什么？"他问身旁的骑者，身旁的骑者微微俯身，看了看，摇了摇头。

"这是什么，告诉我，可以吗？"他弯下腰来，用很温柔的声音对路边一个形容呆滞的女人说——对方空茫的眼神穿过散乱的发丝，盯着他的脸。

"玫瑰花。"女子说。

他点了点头，仿佛在咀嚼着这个名字，又望了一眼玫瑰花，然后无所谓似的，将玫瑰花远远地抛开。马队从女人们身旁走过，女人们则呆呆地注视着马匹后拖着的每具尸体。

"我记得，在海边那个镇上，也看到过这种花。"领头殖民者的声音悄然淹没在黄尘之中。

殖民者的队伍，从地平线乌云遮日般蜂拥而来，跨入首都。妇女们面如白纸，哑口无言，看着这支灰色的军队从容地从首都的东门踏入。尸体们拖在了马匹的后面，在战马们温文的步伐下，像壮丽的尾饰。

"我不是很喜欢这些树木。"那个领头的男人在首都巡行着，皱着眉，用手帕按住鼻子，"这些树木的气味让我过敏。"

妇女们眼看着这灰色的殖民者军队侵入了她们日常惯居的城市，马蹄践踏着落叶和芳草，整洁干净的城市被马的臊臭味熏染，仿佛一个浑身汗臭的男人躺上了她们的床帷。然而，她们连呼喊的能力都没有。城市陷入奇怪的寂静之中，只有骑士们彼此的耳语与马蹄声。妇女们甚至来不及哭泣，被马匹拖曳到残缺不全的尸体留下的血渍，布满了道路。她们没有勇气去——认领。她们看到有些骑士试图挥斧去砍树，几缕枝条离开树干枯死在地，骑士们不满地盯着树木，"这些需要锯子才行，我们手里的家伙可不成。"

"这是不可能的。"有的妇女想。这奇怪的杀戮阴影，像乌云一样盘旋于天空。"这一定是噩梦。"

午后时分，下起了瓢泼大雨。军人们失去了秩序，拥入了沿街房屋，用手指抓起食物和酒类开始吃喝。妇女们则回过神来，开始在尸体群中翻找自己的爱人。在一片尖叫与号啕大哭声中，雨水捶打着尸体。"不用找了，肯定在的。"一个殖民者士兵一边享用着储粮，一边善意地说，"没有谁逃走，全部被我们杀死了。"听到这句话的妇女晕了过去，而其他的妇女则开始号啕大哭。

在妇女们为死去的眷属大哭，震动整个首都的时刻，殖民者的首领正和身旁的人坐在议会大厅中。他的手下正围坐在首都生命之源的井旁，聚饮着美酒。地上躺着四个妇女的尸体：那是辨认出丈夫和儿子的尸首后，奋不顾身前来拼命的牺牲者。二十多个剽悍凶狠的入侵者将领正肆无忌惮地谈论着这座城市。那个报信的男青年缩在角落里，像一条小狗似的蹲着。

第二部 首都

"听说这口井是他们的立身之源。"一个灰袍人说。

"井是任何城镇的命脉。"一个留胡子的灰袍人说,"我最喜欢的就是朝井里扔石头。听扑通的水声。"

"把井填埋了?"离首领最近的灰袍将领微微俯身,问道,"把这一切都夷平?"

"不需要夷平。"殖民者的首领淡淡地说,"我很喜欢这座城市。嘿,你。"他朝角落里的男子勾了一下手指。男子惊恐地望了首领一眼,半站起身来,曳着步子来到首领的面前,又一次跪下。

"我只是不喜欢这些速朽的木头……"首领说,若有所思地蹙着眉,他额上的疤痕抽动着,"这座城市的城墙给我印象深刻……保留那些城墙,把木制的房屋全部毁掉,把树也砍掉。我们得花点儿时间,但总能办到。我们需要一座坚固的城市,来充任新的首都……你的看法呢?"

"我觉得,您说的是正确的。"跪倒的男子说。

"你得不时提供一些建议。"首领说,"要不然,我便不能保护你了……我不需要杀死你,只需要放弃对你的保护……那些妇女失去了她们的亲人,而你还活着,你猜,她们会怎么对待你呢?"

"我明白,大人。"跪倒的男子说,"首领,陛下。"

首领发出了笑声。他招了招手,离他最近的将领微微俯身,递给他一杯酒。

"不要叫我陛下……我也不愿意做国王。我是个军人，我完成了该完成的事情，征服了这片大地。现在我要退伍，回到那个海边的小镇去养老，享受一点儿爱情。新的帝国将会运转起来。而你们……"

他的目光扫过环绕他周围诸人的脸庞，离他最近的将领微微俯身，"可以辅助我的儿子。不，不用劝我。我是要回到那个海滨小镇的。我对于管理国家毫无兴趣。我说过，我放弃权力的那天，就是我自由的那天。我自由了。我要去那个海滨小镇当镇长。而你们，我的朋友们，如果你们愿意忠诚于我，那就接着忠诚于我的儿子。就像太阳从西天降落之后，经过短暂的黑夜，你们会继续热爱一轮新的太阳一样。"

"我保证将尽忠职守。"离他最近的将领微微俯身，说。

"现在，让我们尽情跳舞。"首领说，"就像我们在海船上那样快乐跳舞。我们征服了这片大地，我们要建立起一个新的王国。这是我们庆祝的时刻。来吧，朋友们。"

一个士兵从议会大厅捧来了作为首都图腾的陶罐。首领做了个手势，陶罐被摔得粉碎。首都立国之本的白马骨殖以及衰朽的鬃毛被撒在了地上。将领们面无表情地用脚拨弄着骨殖：

"什么东西？"

"石头？马粪？"

首领将脸转向跪倒的青年，看着他的身体颤抖着，首领的声音格外柔和。

第二部 首都

"告诉我那是什么"首领说。

"几块马骨头"跪倒的男子说。

"那么,为什么会被如此郑重地收藏起来呢?"首领问,又啜了一口酒,"这里有什么秘密吗?"

跪倒的男子听见了尖叫。他略微抬起头朝外望去,看到那些年轻的尸体,正在门廊下被士兵们扔到火堆中;一些留在首都未曾参战的老人与孩子,则在被殖民者残杀后,投入火堆。妇女们在全城的各个角落号啕大哭之声和此处的尖叫与吱吱燃烧声恰成对照。大雨也无法压住这震天的号啕了。作为首都的图腾,那匹死去白马的鬃毛和骨殖,在地板上被穿着军靴的脚踢来踢去。

"这就是几块普通的马骨头。"跪倒的男子说,"这个国度的人非常迷信。他们相信这马骨头是不朽的。只要马骨头与鬃毛还在,这座城市的精魂就依然存在。"

"我还以为只有狗会把希望寄托在骨头上。"首领说,离他最近的将领微微俯身,听到这句话后,带头大笑起来。

"你的意思是,要让这座城市、这个国家丧失希望,只需要毁掉这些无聊的骨头和鬃毛。是吗?"首领回头,看了看离他最近的将领,对方正微微俯身,等他的命令。

"把这口井填了。"首领说,他的语调显示他早经深思熟虑,"不要让这个城市再有找到新水源的机会。放出白蚁,把所有的木制房屋吃掉,慢慢地吃掉。我们不急。我们可以慢慢地建造新的石头房屋。新的帝国内阁人选,我会在退伍之前写好交给你们。让我的儿子当国王,而这个城市继续作为这个国度的首都。而首相嘛,则是……"他看着离他最近的将领,对方俯身的角度加大了,"就拜托你了。"

"我将尽忠职守。"被托付的首相说,"我发誓将始终奉您的儿子为王,并终身遵聆他的命令。"

"我相信你的忠诚。"首领说,"至于这些骨头嘛……"他把目光转向跪倒的男子,他微笑的嘴角和他额上的疤痕一起露出狰狞之色,"你负责让它们消失吧。"

"是。"跪倒的男子伸出双手,在尘埃中捧起白马的骨殖与鬃毛,藏在怀里。他听到了首领轻吹了一声口哨。

"不是这样。"首领说,"我可不希望这些东西再被谁得到,然后作为迷信的产物,来鼓励人们寻找这座城市的过去。我要的是,把这个城市的记忆全部删除。你所该做的,是把这些东西吞到肚子里。不是说这些骨头是不朽的吗?就让它们在你的肚子里不朽吧。然后,再也没有人能够得到它,除非把你的肚子剖开——我猜你会竭力避免被人划开肚子的,对吧?"

跪倒的男子抬起头来,看到了首领的神色。宫殿的窗口,形单影只的灰羽鸟懵懂地东张西望。窗外的雨依然在咆哮着。

"是,我知道了。"男子低头说。在灰色的目光注视下,他努力地将那几块碎骨、几缕鬃毛吞了下去。他的疼痛无法宣之于口：恐惧在阻止着他。

在士兵持戈的押送之下，男子被送到了一个房间。从窗口望下去，男子感到悚然危惧：窗口有七层楼房那么高，在他的眼底，灰袍的士兵在无所谓似的砍伐树木，大雨之中，白蚁开始啃食房屋。妇女们哭泣着、奔跑着，滚倒在泥水之中，企图挽救一切。整个首都充满了血的气味，大雨助纣为虐地将杀戮的气息连同往昔的记忆一起冲洗。河道开始被泥泞所覆盖。城市的水源已被填塞。最后几只灰羽鸟迫不及待地冒雨飞离。城市陷入灰色的包围之中。男子蹲下身子，用手抠挖着嘴。他企图将马的骨殖和鬃毛呕吐出来，然而无能为力：城市的图腾确实已无可挽回地根植在他的身体里了。

那些曾经跟在他身后浩浩荡荡出征的男子，如今尸横遍野，正在火焰中被吱吱烧烤。那座他前来试图救赎的城市，如今正在经历屠杀，连同其记忆一起拔除，只余下残存的躯壳。男子想到了城门之外，那朵坠落在地的玫瑰花。那被退伍的首领惊吓而落地的花朵，为了庆祝胜利而捧出的花朵，如今在大雨和泥沙中湮没。

好在他还有一个秘密。一个始终没暴露的秘密。

门外的哨兵，并没注意到这个报信人在慢慢地变透明……房间里仅有的一支蜡烛，被雨丝挟带的疾风吹得飘摇不定，而那光正慢慢地浸透报信人的肌肤……他的脸慢慢变透明，他的身体慢慢浮了起来。他像一个风筝、一条飞行的鱼、一个半透明的鬼魂一样御风而行。

对他而言，飞行是躲避厄运和解决苦难的唯一方式。变轻的身体像是对他所犯罪孽的救赎……报信人又一次确认了一下士兵的位置：持戈的士兵站在门外，对他毫不在意。报信人双手攀住了窗台，随即纵身跃出：他跳进了大雨之中，飞走了。持戈的卫兵发觉时，这个男子已经消失在森森的雨幕之中。

百合花　之三

天色多少亮起来一些时，那个男人小心翼翼地站起身来，又绕过所有人远去了。我看着若：经夜未眠而导致眼睛浮肿，我知道我也同样如此。

自从我和她被捕、被押运到首都之后，种种历程天翻地覆。但我俩始终没有失去镇定。一半是因为有彼此作伴，许多时候恐惧来自于孤独，当有另一个人作伴时，恐惧多少能被缓解。互为依托，互相支持，令我们对周遭的一切，可以选择性地无视。

但在这时刻，我和她都不由得开始怀疑：我们听到的故事，如此残忍又如此魔幻。如果它确实曾经发生在我们脚下这片大地上的话，这意味着，首都被一群杀人如麻、抹杀记忆的殖民者统治着，王国就是由这么一群家伙控制……我们不约而同地握紧对方的手,我能感受到她的手心像冬雪一样寒冷。

我再度抬起头来追着那个男人的背影:他轻巧地迈过了一个俯卧的囚犯,无所谓似的走向远处。

晨光像斑斓的句点一样在天空排开。云像灰色的玫瑰花瓣。彻夜未眠,我的心脏跳得比平时快一些,头也隐约有些疼痛。我又一次在监狱中看到了黎明。我不得不佩服创制这个监狱的人:失去自由的囚犯们可以透过玻璃墙壁,完整地看到自由的世界,然而无从触摸。偶尔有鸟群零落地分散在天台的边缘,居高临下地望着城市。它们偶尔扫向监狱的眼光似乎没什么感情。对鸟而言,人类的自由与否显然没有什么特殊。我想起了叙述中谈论的灰羽鸟。

早餐过后,有经验的囚犯抬头看云,窃窃私语,开始向角落挪动,掀起袍子裹住脚。我抬起头,望见天空中的云层像淤泥一样集合。须臾,雨丝开始自云层间飘落。

我仰起头观看监狱的顶端:那玻璃的天花板上,那些星点的风孔,偶尔有雨降落。这种感觉并不坏:毕竟雨滴是除了光线与空气以外,监狱中仅有的来自自由世界的事物。只是这感觉多少像漏了的房顶,间或有雨点儿坠下。有些囚犯慢慢爬到雨水集中的地方,双手捧起积雨,在脸上抹几把。其他的犯人则蜷缩在监狱的壁角,观赏着明亮的雨水飘然洒落。监狱的外壁,仿佛下雨时的窗户一样,布满了眼泪般垂落的雨滴。自由的世界被朦胧成了一片灰色。若在寻找我的手。我们依偎在一起。我寻找着天台的边缘:鸟们早已无影无踪。鸟类有未卜先知的本领,它们早已趋吉避凶,去向安静的所在。

"你在找什么?"若问。

"鸟儿。"我说。

"说起鸟儿,"若说,"你不觉得奇怪吗?"

"嗯?"

"国王陛下连什么是鸟儿都不知道……"若轻声说。

"按照描述,"我说,"如果那个人所说的历史都是真实的,那么,现在的国王陛下,就是殖民军首领的儿子……也许在他的父亲退位而他就任国王时,首都就已经没有鸟儿了……"

"可是我们不是看到鸟儿了吗?"若说,轻轻指了一下天台的边缘。

我不再说话,因为我注意到:远处那个讲述历史的男人,与我们隔着横七竖八慵懒躺卧的犯人,正望着我。

雨在中午左右停止,随即是悠长的下午。囚犯们忙于将积水扫开,并解开囚服,以散开郁结的湿气。我和若则无能为力:我们必须持续地收紧灰色的袍子,以免被人看清我们半透明的肌肤。这并非怕羞,我们并不想被别人发现我们的特殊。

"如果让他们发觉我们跟他们不同,未必会有好事发生。"若说,"异常之人必遇异常之事。"

午后，监狱的某一壁，一群无聊的犯人聚集到了一起。他们开始交流彼此的苦楚，我和若出于更无聊的烦闷，便在一旁聆听。

"再没有比我更冤枉的人啦！"一个男人喊道，"那天早上我闷极啦，在自家墙壁上写了几句打油诗，说那些当兵的帽子像蘑菇。吃午饭时，当兵的就来把我带走，连饭都没让我吃完。"

"你这个算什么……"另一个男人低声说，"我看到了苍蝇在首都地图上留了些污迹，就笑着说苍蝇在首都头上拉屎了……这不也在这儿了吗？"

"你们毕竟还是被人揪住了语病，我就完全没做什么。"一个肥胖的妇女亮堂堂地说，"只不过我吹几句牛，说我和我姐姐乘远航船去过海上的岛国见识过鲸背上的宫殿，好家伙，就把我关进这里来啦！我丈夫可是个笨蛋，没有我他连鸡蛋都不会吃！"

"我这种外乡人，就更吃亏了。"一个老人说，"我可只是推着车来首都卖花儿的，没承想在城门那里就被横拖直拽地拉走了。那些花全被马给吃了。真是糟蹋东西啊。"

"这里的无辜者太多了。"一个眯着眼睛的中年男人说，"我只不过是向我的一些外地朋友求证一些资料，来引证首都的历史变迁中土层的变化，就被莫名其妙地抓到了这里……年轻人，你呢？你和你的女友是一起被抓进来的吗？"

他们的目光转向了我，发问的男子显然被我和若凝神细听的姿态所迷惑，以为我们也预备一吐苦水。我搜索枯肠寻找着句子，在寻找准确归纳、严密叙述的方式。我的目光越过诉苦者们的头顶，望见了那个叙述历史的男人：他若无其事地走近，在人群的外侧低头踱过。

"嗯，这个，具体说起来……"我在嗫嚅着思考谎话时，若用清亮的声音说：

"有一天我们走过海边，接了个吻，就被当兵的给捉起来了。"

囚犯们发出一阵嘘笑声。"那些笨蛋士兵连年轻人的爱情都容不下了！"一个粗豪的声音说，"他们的眼睛和脑子都不管事儿。"

我和若在人们的笑声中离开。我看见那个男人继续盯着我，静静地站着，像棵树一样笔直。若将嘴唇凑到我的耳边：

"你有没有发觉，他从来很小心谨慎，不碰到任何人的衣角？"

"也许他有洁癖。"我说。

"监狱里还有洁癖……"若吃吃地笑着，"就像到海边去寻找不吃鱼的居民一样。"

"嗯。"我说，"各有各的习惯吧。这监狱里应该有和他一样习惯的人。"

"有的。"若说，"不过就两个。"

"噢？"

第二部 首都

"你，还有我。"若说。

时间流逝，我竟然开始逐渐适应监狱的生活。人的适应能力无比强大。我曾经把螳螂锁在暗无天日的盒子中，最终它们也能够得以生存。在别人眼里，我们也差不多。我开始越来越少地梦见镇上的风景，梦见潮水的声音。而若说她亦同样如此。

"看着这灰天灰地的样子，这样也难怪。"她如此宽慰我和她自己。

灰色的袍子和皮屑的气味，干涩的食物，偶尔降临的雨，长时间的阴天，卫兵们标本般不动声色的脸。这是陪伴我们度过日日夜夜的一切。在疲惫的时刻，我经常无聊地敲打监狱的墙壁，以获得某种确实感：它居然是我身旁的爱人之外，唯一最真实的东西。

这个监狱里，的确包含了所有人：穿花袍子的魔术师、秃头的僧侣、贩卖茶水和鱼汤的店主、冶炼铁器的匠人、训练马匹的马师、制作灯笼的老人家，以及刻木版画的艺术家……他们每个人都在絮絮念叨自己的遭遇：他们从外面来到首都，然后发现首都如何不自由……他们当然是冤枉的，他们不知道王国为什么容不下他们——他们的叙述一次比一次进步，我却越听越厌倦：每个人的痛苦细节不同，但情绪却大致相似。

雨季在秋末来临，不断地下雨，使监狱中经常积水过多。每次餐毕，我都会觉得胃部像有石头在坠胀。我想象自己的肚腹内成为荒芜的原野，其上寸草不生。囚犯们情绪低落,不断喃喃重复着一切。此刻所说的话语会在下一秒或者下一天或者不知道什么时候重复,但谁都不会记住。此时此刻,语言只不过是构造连绵不绝时间的主要因素。

若抱着膝,将头靠在我的肩上。

"我们有一天会全身长满青苔而死。"她说,随即睡着了。

我们在监狱里的日子本身,仿佛就是漫长的睡眠,而雨则在我们周围均匀地下着,并缓慢地将我们的呼吸淹没。什么都没有改变。什么都没有记下。不断重复的日子就像是同一天。我的心情当然会起伏,有某个刹那,我感觉到后悔。那种激烈的悔意像刀子一样在我心口划动,迫使我去想象:假设在时间的分岔点我做了另一个选择,如今我会身在何处?比如,如果我没有执意翻过篱笆墙,没有那么好奇地去探索未知的秘密?夜深人静时,我伸出自己的右手,再次确认一遍:我的右手肌肤呈现半透明状。我能够透过肌肤依稀看到我灰袍的下摆。我们的确已经变成了不同的人,我们回不去了。

一切发生改变,是在我入狱半年之后。

觐见与审判 之二

那个早晨很寒冷。乍听到有人喊我的名字，不免奇怪：上次有人喊我与若的名字，已是半年前我们受审判之时了。我和若彼此看看，从彼此的眼中看到了同样的困惑。我一度怀疑是玻璃的狱壁，反射了我对自己名字的默念——有一段时间，我热衷于对着玻璃墙默念自己的名字，因为我害怕这沉默的禁锢，会让我忘记自己的姓氏。

士兵重复地喝喊着我和若的名字，囚犯们为此骚动起来，仿佛大风滑过海面。在发觉与己无涉之后，他们又回到了彼此约定俗成的地界，打发时间。我站起身来，听任等待我的士兵们上下打量我。

"是你们俩吧？"

"是。"

我和若被带出了狱门。玻璃门在我们身后关闭。

隆冬的冰冷直侵我和若的肌肤。久违的大风迫不及待地扑击着我们的脸。自由的欣悦暂时弥补了这些不适。我和她离开了天台，走入灰暗的宫堡长廊后，才开始颤抖。宣召我们的六个士兵围在我们两侧，目不斜视地朝着一个方向——他们显然成竹在胸——行走。我有一刹那间产生了疑虑，以为我和若正走向死刑。长廊里的脚步声节奏平缓。若显然发觉了我的恐惧，拉住了我的手。

我们在两扇巨门前停下。士兵们充满敬畏之情地叩门。根据叩门之声,我判断出此门很厚。我开始想象门后隐藏的一切:三角形断头台?绞刑架?刽子手?

然而我浮想联翩的死刑场面被事实戛然中断,厚重的大门之后并不是敞亮的行刑场,而是一个和走廊同等质地与色调的房间,或许更为灰暗:一个少年站在门前,他打开了门,然后转身走向室内。我和若无须指点便迈步走进室内。门在背后合拢。士兵们的脚步声远去。我抬起头来。

这是一间无窗的内室,房间里仅有一张桌子、一张床和两把椅子。那个少年把两张椅子并排放好,随即坐在了床尾,对我们回过头来。仅有的一根蜡烛在他的脸上留下扑朔迷离的光影。他做了一个手势,指着那两张椅子,轻声说:

"请坐吧。"

"国王陛下。"我说。
"嗯,你们好。"他说。

房间里的阴冷使人觉得有蛇在床下吐信子,毒蘑菇在角落生长。我和若并肩坐在桌子的对面,年轻的国王则将右手轻轻地放在桌上。他的手指像是一位艺术家的手:干净、苍白、纤细。此时此刻,他的食指蜷曲起来,有节奏地击打桌面,让我想起落在监狱地面上的雨。在他的手旁,一个装着白蚁的瓶子静静地搁着。

第二部 首都

"要找到合适的开口方式不太容易,"国王说,"大多数对话,都是在最开始确定叙述调子。简言之,我希望能令你们感受到我的真诚。我不能够斩下自己的一根手指来作为宣誓的仪式,但我希望,你们能够减少疑虑,不用费心猜度我的叙述是真是假。"

"我们也希望真诚以对。"我说,"毕竟作为弱者,这对我们有利。"

"好的。那么,你们曾经见过我父亲,可以麻烦你们告诉我,我的父亲现在是什么样子吗?"

"您的父亲?"我问。

"是的,我的,父亲。"国王说,"你们那个镇的镇长,就是我的父亲。"

我和若各自在桌面以下寻找对方的手。年轻的国王则似乎很欣赏我和若未加掩饰的惊讶表情。他轻轻地将蜡烛移到离他鼻子较远的地方,这令他脸上的阴影愈加沉重,于是看上去,似乎比原来年长,不知怎的,连声音都显得远了。

"语言,"他说,"是世人交流的方式。世界上还不存在语言的时候,人与人之间无法达成精确的默契,这令他们无法信任彼此。我们必须善待语言,就像我们必须善待精于烹饪的厨子、精于驾驭的马夫、精于培植的花匠、精于描绘的画家。这些人随时提示着我:智慧无处不在。人们通过语言来彼此交流,彼此构成爱憎的联系,构成一个集体、军队,最后是国家。连哑巴都必须纳入语言的体系之中,你无法指挥一支无声的军队。利用你的智慧提醒所有人他们来不及思考到的未来和没有了解的过去，使他们臣服于你构造的幻觉和你用语言编织的利益，通过语言的艺术，我们才能够使人们集中在一起完成伟大的作业，比如攻灭一个国家、建造一个宫殿。人们各不相同，但他们有相同的欲望：吃、喝、性爱、虚荣心、自由。你无法满足每一个人，但你可以使他们产生自己得到满足了的假象。这就是政治。"

他停顿了一下，似乎迷恋于自己的口才。我开始想象自己的肚子里有一条蛇在喷吐着阴气。

"我对这片大陆的第一印象，是一个滚倒在海滩边的尸体。初次登陆的军队，需要靠杀戮树立威信，那家伙成为最初的牺牲品。我记得，在海边，我父亲在人们仇恨和畏惧的目光中，昂首阔步地离去；据说诅咒他的人把巫师的药撒在他的脚印上，预言他将死亡。我记得那个海边青年的死状：他被我父亲一箭射穿了身体。至于他是死于失血过多还是其他，我不知道。我读到关于医学的书籍是在我成年之后，而那时那个青年的尸体早就化成了灰。"

"你们看到了，我如今是国王。如今围在我周围的大臣，都是当年跟随我父亲渡过大海、前来殖民的军人。包括我的首相，曾经是我父亲最亲近的助手，在我父亲退伍时，他发誓效忠于我。他们这些大臣啊，曾经都只是单纯的军人。在他们的故乡，他们温和、殷勤、乐善好施。

第二部 首都

我一直好奇，为什么他们的脚一踏上这片大陆，就各自变成了嗜血的凶手。我猜这是因为，他们进入了一个自我认定的语境，他们相信自己随时会遭到迫害和攻击，于是他们除了身旁的战友外没有信任的对象；军队的编制本身，也是一种政治：人们可以为了集体利益而合理地杀人。在军队里，服从命令地杀人，甚至算一种正义。"

国王停了停，似乎提到杀戮令他有点儿恶心。

"作为军队的首脑，我的父亲必须随时提供给士兵食物与水，以及征服的快感和虚荣心。殖民的军人相信弱肉强食，要让他们快乐，就必须时刻保持他们的动物本性。所以，那些被烧毁的房屋、被抢掠的家庭，就像提供给军人的食物一样，是一种精神的食粮和补充。在漫长的征服岁月中，殖民的军人必须保持自信，相信自己种群的优越。我父亲的任务，是为他的祖国开辟殖民地。他完美地完成了这一任务，而且在异域重建了一个新帝国。唯一的瑕疵是，他爱上了这片被征服地的一个妇女。"

"玫瑰。"我心想，"镇长爱上了玫瑰。所以他要娶她。所以他要用篱笆和玫瑰园来保护她的遗体。只能这么解释了。"

"我现在还能够想起我故乡的样子。石头堆垒的建筑和石头铺就的街道，石头做成的家具和石头砌起的炉灶。灰色的雾、馋、饥饿、煮不熟的干瘪蔬菜，这是我的童年。生产力的不振促使我们必须拥有一支有侵略性的军队，这很正常，因为不向外掠夺我们便无从生活。我的父亲初次踏上这片大陆时很吃惊，他看到了繁茂的植物、木结构的建筑、奔跑的家禽、漫山遍野的野兽，以及，某种我们故国不具备的东西：我们称之为文明。他为自己被这一切震撼而感到羞耻，因为一个军人，不应该对任何东西动容。军人眼里就应该有两种东西：荣誉、战利品。"

"我的母亲早夭。我还是孩子时，就被父亲带着，我看着他统领他的殖民军，在你们所居住的那个镇登陆，那里是他踏上这片大陆的跳板。他在那里爱上了一个女人。然后，他率领军队，征服了这个国度的绝大部分土地，并攻向首都。首都的居民愚蠢地迎战，招致了全歼。我会不时想起我在父亲的伞下观看战争的场面：在大雨中，我们的士兵像砍伐树木一样，不动声色地屠杀着抵抗的人群。血来不及溅起，就被雨水击灭在地。我父亲默默地做着手势，像在和人下棋。只不过，这次的棋盘，比他平时下棋的棋盘大得多，而且有鲜血为之染色。战争是正常的：首都的居民未经过任何军事训练，擅自出兵野战实乃愚蠢的选择。一个不靠游牧与掠夺为生的民族，又没有合理的兵役制度，很难长期保持居民的战斗力。在我们将反抗的人屠杀殆尽、我们就地宿营的夜晚，战场午夜的味道难闻得让我睡不着觉。我的父亲说，灰羽鸟会去抢夺尸体的内脏，叼走人们复仇的灵魂。我帮助军人们将尸体绑上他们的马尾，然后来到了首都。"

"你们现在看到的首都，和过去是不一样的。"——我和若互相紧握一下对方的手，我知道,她与我一样,回忆起那个男人倾诉的历史——"过

第二部 首都

去的首都繁华似锦、富裕昌盛。这是他们原有制度的最大优点，国家具有自省和自我净化的能力。然而，当首都的男性居民悉数死亡之后，这一切无以为继了。我父亲和他的部下，将这个首都的一切根脉斩尽杀绝。他们将绝大多数的尸体推下了井，填塞了这个城市的水源。现在的首都看不到河流，因为带着仇恨的阴魂，足以堵塞一个城市的命脉。这个城市的木结构房屋都被白蚁吞噬，反抗的女人都被杀死，风景全数被更改。这就是你们能够看到的一切，这就是现在的帝国首都。富有秩序的强悍的军队，压倒了柔弱的城市文明。这不是第一次发生，也永远不会是最后一次。"

"我没有明白，您对我们说这些的意思。"我说。

国王看着我，随即咳嗽了几声。

"我说过，我希望对你们真诚。我父亲在攻下首都后，放弃了领袖的位置，为了他所爱的那个女人，去了海边小镇，那个他最初的征服地。他并不知道自己犯了个错误：将我置于王座之上，自己大步走开，依靠他部下的忠诚来辅佐我，这是一个错误。"

"错误？"若问。

"是的，错误。自从我父亲离去那天，厚重的石门将他的背影遮没之后，我便只保留了形式上的王权。我的确是国王，但只是名义上的国王。首相大人的确是我父亲过去的最好战友，但如同所有经历过杀伐的人，他们不相信权力可以靠温情与忠诚维系。他对我父亲自动放弃权力的做法大惑不解。也许是他们的恭顺，让我父亲误以为部下们对他怀有热爱。不是的。没有一个杀伐过的人会放弃攫取全部权力的机会。首相利用了我父亲的嘱托。只要我还在位，我父亲的其他老伙伴在名义上就得遵从他。他不需要推翻我，只需要攫取实权。他的老伙计们也默认了。尸位素餐的我，只能充作一个傀儡。我的父亲对这样的叛逆一无所知。他远居在他所爱女人出现的海滨小镇上，完全不知道我，他的儿子，从他离开的那一天起，就成了首相的傀儡。"

烛光越来越暗，白蚁在玻璃瓶中不安地躁动着。年轻的国王取出一根火柴和一根新蜡烛，娴熟地啪的一声点燃，随即吹灭了前一支。房间略微明亮一些后，国王的声音似乎也明亮了一些。

"这就是我需要你们的原因……你们可以看得很清楚，在事实上，我是与你们一样的囚犯：我有资格享受最好的饮食和服饰，但我一旦离开这间连窗都没有的房间，便时刻处于监视之中。这虚拟的王权之下，我其实是首相的鹦鹉——我只能被迫接受首相安排一切的现实。我从没有离开过堡垒，几乎没见过天空。我对世界的了解，来自于阅读：我从《动物图鉴》上看到过鸟，在《植物图鉴》上见到过花。但我除了首相、士兵和囚犯，看不到活着的事物。我无法通知我的父亲，因为我没有几个可靠的人，与我接触的人都无法离开堡垒。首相没有坑害过我的父亲，不是因为忠诚，而是因为我父亲的旧部下大多还活着，还占据着权力；

与此同时，我的父亲和我一样，已经没有威胁了：他不过是个与世无争的海滨镇长，还误以为自己的儿子在运作着王国。"

"但那和我们有什么关系呢？我们不接触权力。我们是囚犯。"若说。

"我的父亲，当初在那个被征服的小镇上，告诉过我这样的秘密。在那个小镇上，出产一种神奇的植物。有一种在其他地域都已绝迹的玫瑰花：只需要一颗种子，它便能无节制无休止地蓬勃生长。点燃它的花瓣，烧出来的烟可以使人身体变轻，进而摆脱大地，飞翔起来。我知道你们来自哪里，我知道你们的罪名。我看清楚了你们的脸：你们的身体是透明的，你们的身体非常轻，并且能够飞翔。不是吗？你们能够帮助我吗？"

明示自己的尴尬处境后，国王打量着我和若的脸。我能够觉出他的焦躁：他的手指下意识地轻轻敲动着桌面。我和若互相又握了一下手。我想象中埋伏在四壁的蛇，似乎正在蜿蜒。我想开口说话，但若抢先了一步。

"我没理解错的话，您并不真了解您所说的一切。您仅仅根据某些传说，就将自己的命运和盘托出……是这样吗？"

"可以这么说。"

"在我们看来，这更像是一场诡谲的引诱游戏。我们怎么能确定，您不是在故意示弱，以引诱我们说出真相呢？"若说。

"因为恐惧,所以我愿意冒险。"国王说,"我在一开始就说了,为了避免你们对我的误解,我希望你们能够感受到我的真诚……看看吧,一个国王只有在如此简陋的居室里才能畅所欲言,在国政上没有丝毫的自主权。你们能够想象这种屈辱吗?我看到你们俩的时刻便知道,你们能够帮助我。你们具有超越普通人的体质。我知道,一个身强体壮异于常人的大汉,或者一个身体轻捷能跑善跳的健将,生活都可能大异于普通人。而你们跟常人如此不同,你们能够改变很多事情的。不是吗?"

"作为对我们特异的奖赏,"我忍不住笑了笑,"我们被关押在监狱里?"

"和我一样。"国王摆起双手,"你们、我、白蚁,我们或多或少都被囚禁着,失去了自由……在帝国的制度下,没有权力的人,就没有自由……我明白你们的疑窦,首先,你们对我的地位怀有戒备之情。我可以告诉你们,看守我的士兵对我怀有敬意,但不会违背首相的命令。所以我能动用的权力并不多。"

"您想说的是,我们的境遇一样,都是囚犯?"若问。国王看了看她。

"也许你们已经能够感受到,首相并不算聪明……在管理军队的时候,他便采用严峻、细致的法令及条例来约束士兵的行为,使军队秩序化。你们知道,战争是特殊时期的特殊行为,军队需要统一的命令及协调的行动,才能够对对方造成最大化伤害。政治和战争一样需要调动人们的积极性，但战争是短时期的大量消耗行为，无论是精神还是身体上。而政治则需要平衡和稳定。首相采取了严厉的、高压的政治法令，我相信你们也会对此不满，因为渴望一定程度的精神及行为自由是人的天性……我被关押在这个房间里，虚假的尊崇无法提供给我王权的保证：我没有任何权力，我的义务是每天坐在首相身边，目睹他做所有有关于国家的决定，而我必须在场，保证所有人相信首相的命令是出于我的意志……他和他的那些老战友，是这个国家实际上的独裁者，而我只是一个他拿来摆设的傀儡。我有权利召见我想见的人，这是他给予我的福利。我能够召见教师、学者，以及所有不掌握军权和自由的人们。我召见的所有人都无非身处在或大或小的监狱之中。你们现在明白了，我和你们的对话其实是囚犯之间的对话。你们的自由度甚至大于我，因为你们的体质特殊，你们完全可能做到非常奇异的事情……我们之间的合作，是一次囚犯之间的合作。我们共同越狱，来求得自由。"

"您寄希望于，"我说，"我们两个囚犯帮助您，自诩为另一个囚犯的国王——来获得王权？"

"或者，您仅仅是孤单吧，"若说，"您其实也知道，机会并不大。您说这么多，也可能是基于，您想找个人说说这些。"

国王沉默了一会儿，有一刹那我觉得我和若的对白过于刻薄，而他遭受了打击。这个年轻人侃侃而谈的时候，显然没有想到我们会如此默契而决绝地做回答。我看到他的手下意识地抚摸着玻璃瓶,白蚁们不安地在瓶壁上爬动着。从某个侧面看过去,他的手掌上布满了噬木的白蚁,它们正在缓慢咬嚼他的肌肤。

"这个宫殿,这个城堡里,"他喃喃地说,"没有一个人是自由的……不,这个国家都没有一个人是自由的……你们应当明白,你们自己也是被我的父亲俘虏来的……我的父亲不了解这里发生的一切,他已经很老很老了……他和首相一样酷爱树立新的法律和禁令来规范一切……"

"但似乎连您的父亲,都无法改变这一切。"我说。

"我的父亲过去告诉我,小镇上的玫瑰花种,只需要几颗便能够长出巨大的藤蔓,足以颠覆大地的力量……你们真的愿意继续失去自由吗?……你们本来拥有无法形容的自由特质的,我的父亲说,那种烟草和玫瑰花种可以改变世界……这个城堡里不自由的不只是你们,还有我,还有以前动物园的野兽们……首相把动物园的野兽们阉割了关押在一扇扇铁门中,用尸体堵塞了河流和水源……我曾经想过把野兽们放出来,让它们去和首相的军队战斗,但是铁门没有钥匙,它们比我更不自由……你们不是可以飞翔吗?为什么你们不愿意想一些方式?你们低估了自己拥有的能力,你们本来是不可阻挡的,是可以改变这个世界的……"

"也许您需要安静一点儿。"若用温和的声音说,"就算我们能飞翔,恐怕也帮不了您。"

"只需要解决掉首相。"国王很轻很轻地说,"只需要解决掉他。你们的能力那么特殊，你们应该有可能做到吧？"

"陛下。"卫兵的声音，"首相大人回来了。"

国王站起身来。像一个囚犯听到狱卒的脚步声。他挥了挥手，示意我们迅速离去。门被打开，卫兵们站在了门外。国王轮流看着我们俩。

"我还是希望你们能够帮助我。"这个年轻人说，"想象一下，你们不同于普通人，你们可以创造些奇迹。我们需要的，只是解决掉首相。"

我们沿着黑黑的长廊走在回归监狱的路上。空旷的脚步声提醒着我们屈指可数的自由时间。我们将回到那透明的监狱中继续凝望自由，这使我感到极度不快。在看到一扇扇铁门从我们身旁擦肩而过时，我捏了捏若的手。我试图使她明白：我正在想象着每扇铁门中野兽的样子，想象它们被阉割的痛苦和失去自由的彷徨。我开始斟酌自己和若享有的自由：事实上，我们至少享有着片段的自由。而这也是整个首都的样子：这个笼罩在灰色烟云之下的城市，没有一个人是自由的。

飞越玫瑰园

百合花 之四

我们回到监狱时,大多数囚犯都带着讶异的神色抬头打量。我则追寻着另一个人的踪迹。我找到了那个对我们叙述历史的男人,他安静地站在角落里,朝我们瞟来一眼,随即又低下了头。

玻璃的狱门关闭后,我和若还因为严寒而颤抖,其他的囚犯们已经拥了上来。应对他们的好奇并不容易。我和若被殷勤絮叨地问长问短。显然,囚犯们从我们的离去和复归看到了曙光。

"你们是要被释放了吗?"人们争先恐后地问,而我和若必须对无数双竖起的耳朵重复:"不是,只是国王一时好奇。"

年轻的国王这次心血来潮,令我和若在三天内,成了监狱的风云人物,我们警惕而小心地竖起衣领和袍子,坐在角落里。我们有些尴尬:既不能说出实话(可以想象,如果我们泄露了任何细节,首相都不会放过我们),又必须使我们的谎言保持整齐。而囚犯们大多是善于鉴貌辨色的家伙,毕竟其中不乏老牌惯犯。我和若只能愣怔而缓慢地应付每一句话,我们的言不由衷显而易见,令其他囚犯心存不满。他们不时盘问我们,自己聚堆嘟囔,然后再次盘问我们……自由比食物更值得关注。在午后,我找到了一种说法。我和若统一了口径。

"因为她太美了,国王喜欢上了她,想要还她自由。"我指着若说。

"你们拒绝了吗?"

"是的。"

"为什么把你一起叫去?"

"因为国王希望我说服她。"

"为什么你没有说服她呢?"

"因为我爱她。"

"国王喜欢什么类型的女孩子呢?"一个肥胖的大婶搔首弄姿地说。

"不知道。国王的癖好都很怪。"

"太遗憾了,国王干吗不看上我老婆……"

"呸!你这个混蛋,为了自由连我都不要了!"

……

黄昏时分,一切归于安静。我和若坐在墙角。我在想象着此刻的国王:坐在那个孤单的房间里,面对着那盏蜡烛……白蚁在他睡着的时候将咬穿瓶子,并将这年轻的尸体蛀空……我颤抖着打了一个寒噤。

"若。"我轻声说,握住了她的手。

"我在这儿。"她说。我感觉到自己的手背被她的嘴唇轻轻印了一下。我试着把她揽入怀里。

"想一下。"我说,"我们开始想一下。也许我们可以自由的。"

"也许。"她说。

不用再睁开眼睛,我知道在灰羽鸟都敛翼睡去、整个首都都陷于寂静的时分,一定还有一双眼睛——无视晨光或夜色的明暗——固执地、持续地、若有所思地,注视着我和若。

两三天后,这次觐见便被大家遗忘了。囚犯们的记性大多不佳,眼见我们并没被释放,便继续听之任之。之后的几天天气阴森,而囚犯们大多捂着肚子,小心翼翼地呼吸着寒冷的空气。囚犯们出于无聊,用积攒下的一些面饼做赌注开始玩猜拳游戏。而我和若则用极低的声音交流着思路。

"国王说我们可以利用飞翔的能力。"

"嗯。"

"那,我们趁着送饭的时候,从牢狱门飞出去?"

"不行,那么多卫兵站着。他们有武器。我们能飞翔,但怎样才能安全地飞走?"

"鼓动囚犯们集体越狱?"

"我们有那种煽动能力吗?而且,怎么越狱呢?"

"装病?"

"病死了也不会有人管。"

"从监狱顶上的孔里飞出去?"

"孔太小了,"若抬头看看,"只有变得老鼠那么大,我们才有指望。"

国王说得对,我和若此前,都没有将"我们的身体变轻盈"这一事实仔细思考。我们依然用普通人类的逻辑考虑问题，就像一条忽然能在陆地上生存的鱼，还在用鱼的逻辑思考问题似的。我和若的确没有将自己的优势发挥到极致，仔细想来，我们真是辜负了自己的飞行能力，着实缺乏想象力。

拥有想象力的另有其人。冬去春来，白昼没那么长了，某天凌晨，卫兵的喊叫声把我们惊醒：一个多年的老囚犯在他常去的一间磨砂玻璃厕所的狱壁上，奇迹般地凿开了一个孔洞。他将囚服撕成了布条，结成绳子，想从天台旁缒下城堡，逃之夭夭。然而，他低估了卫兵们的视力：这些鹰隼般眼尖的家伙大呼小叫，火把通明。不幸的老囚犯紧张之下，失手从天台旁摔了下去，他尖厉的惨叫声在夜半天空下回荡着一路下滑，让我们胆战心惊。

这次不成功的越狱带来了一些副作用——似乎被死去的老囚犯鼓励了，当卫兵们叫来匠人修补狱壁时，一群囚犯冲动地捶砸狱门和狱壁，理所当然地，此举招来了加倍的军力。这一举动没有取得任何效果，唯一的影响是，为了防止犯人越狱，第二天的早餐和午餐暂停，我和若只能彼此听着对方肚子咕咕叫过了一个白天。到了第二天的黄昏，囚犯们又累又饿，开始听天由命。老囚犯的死亡已经被忘记。囚犯们恢复萎靡的精神状态，朝卫兵们嚷嚷：

"要吃的！要吃的！！！"

自由并不是总比食物引人注意的，尤其在饿肚子的时候。

飞越玫瑰园

那个男人,那个跟我们叙述过首都历史的男人,看着这一切的变化,并偶尔将目光投向我和若。春天到来的某个黄昏,他没碰面饼,只喝了水,仿佛在静静思索什么。在送餐的卫兵们撤离后,那个男人站起身,朝我们走来。

这是半年以来,他重新接近我们的身旁。

"开诚布公吧。"男人蹲下来的第一句话便语气沉重,"我觉得,时间继续流逝,情形也不会好转……我们开始说一些正经事吧。你们有什么问题吗?我希望我能够诚恳地对待你们,也希望你们能对我诚恳。"

我看着他。最近跟我们说话的人都是这个语调。俨然每个人都身怀无数秘密似的。

"很简单的三个问题,"我说,"一,你是如何知晓首都的历史的?二,你为什么总注意我们?三,你是谁?"

"第一个问题很简单……因为,那个去首都报信,最后残留下一条性命的向导,就是我自己……我用这样的方式讲述故事,是因为想让你们把故事听完,而不至于对我感到愤恨。现在你们尽可以鄙视我。"男人说。

"至于第二个和第三个问题,你们马上就能知道了。"

男人缓慢地把始终裹着大半个脸的灰色布袍掀开。在暮色下,我看到了一头铁灰色的头发,一张带有奇异的透明光芒的脸。就像一块灰色的玻璃。

"你是……"若的嗫嚅在半途断绝,答案在不远处等待我们。男人自嘲地笑了一声。

"没有错。我就是……你们听到过的,传说里的那个家伙,那个应该早已经死掉的家伙。我就是那个曾经在镇上出现又消失的飞行者,我就是玫瑰的未婚夫,我就是玉蜀黍。"

玫瑰园的记忆　最终章

最初,那里是一片混沌,没有感知,也没有记忆。后来,光芒坠落下来,世界向上与下划分,就像你的眼睛在每个早晨睁开,你从此醒来。

最初的记忆,定格在那片海潮旁边的陆地,那时海滨还没有小镇,一群心事重重的旅人,在陆地的边陲停下脚步。他们彼此交换眼色,开始从马车上搬运木材。他们的对话在时间的阻隔与记忆的湮糜中仿佛风声絮絮,已无可记忆。于是,你只能安静地看着他们行动,像隔了一重梦幻:他们建造起最简陋的房屋,然后将马车推进了屋檐的阴影之下。

　　这是海滨小镇的雏形……一群从首都流浪而来的旅行者，选定了这一片海滩，在这里造起一座大而简陋的房屋，在屋檐下布满卧席，在中间安置狭长的桌子。那时，藏红花、番红花和龙舌兰，都还是少年和少女……他们捕捉海鱼，从远方运来木材和石块，在满是沙砾的海滩上建造房屋。一夜海风经常令他们应付为难，但他们总会竭力维持，在夜晚跟呼啸的风雨艰苦地做着斗争。到清晨时，他们会发觉屋子外爬满了螃蟹，而他们竭力维持架构的房屋也已残破不堪。

　　"也许我们来错了地方。"当时还年轻的龙舌兰说，"我们本来是人，应该与很多人生活在一起。在这里待下去，我们迟早会变成螃蟹——而且这里还没酒喝。"

　　"那就当螃蟹吧。"当时还年轻，也不会说梦话的藏红花义无反顾地说，"在螃蟹把我吃掉以前，我不会离开这里。"

　　那时他们还年轻，还有力气在海边与自然做斗争。日子一天天过去，龙舌兰依然会非常不习惯地对沙与风暴骂骂咧咧，而其他人已经能够安之若素地坐在屋檐下，听任沙雨在头顶飞扬，并随手抹去钻入鼻腔的沙土。心情好的时候，他们会出去搬一些石头来加固房屋，并在大风把石头吹到翻滚的时候，对其指指点点，以陈述他们关于石头的记忆。某些晴朗的时刻，阳光会进入他们的记忆，并在荒凉的岁月之上散落一些值得回味的光点。就像一个人偶尔在路上，捡到了他人遗失的银币。

番红花心情好时，会用纸扎一些花朵和草束，放在长长的饭桌上。挤在一个大屋檐下的人们看着，绽开笑脸。

"这比花和草要好得多，"龙舌兰说，"这些花草永远不会凋谢。"

某一个黄昏，风劈开了窗户。大家将头埋进被子里，各自抱紧自己的私有财产。一阵惊天动地的呼啸之后，番红花发觉纸做的花草被风卷走了。她侧过耳朵，探察着风的动向。在猜到风已远去之后，她开始裹头巾，并用布裹住了脸颊。一个女孩儿发觉了她的异动。

"你要做什么？"

"我的生活就这点儿乐趣了。"她头也不回地说。

番红花在漫天落下的暴雨中穿行，像骄傲的天鹅似的昂着脖子。她在沙砾中眯着眼睛寻找，她盼望可以看到花草如风筝一般飞扬。然而，她看到的是远处的海岬上石缝间，挂着一只大鸟。"大鸟就大鸟吧。"她想。她总得找到什么东西，可以放在桌子上，让人眼前一亮，自己才好甘心。

番红花和出来寻觅她的人们围在海岬边时，惊讶地发觉：那不是一只鸟。虽然有悖常理，但他们确实看到，那是一个老头，须发皆长，纠结在石缝中，他自己则飘浮在半空，像一条被水草纠缠的鱼，或者被树枝卡住的风筝。他们还看到了这老人眼中的恐惧,看到了他四肢并用、让自己从石缝间解放的企图,像是鱼被扔上了沙滩,鳃不断蠕动着寻求呼吸。

番红花跑回房屋里,找来了一把大剪刀,剪断了老人的须发。其他的人在此之前,已经挟住了老人的四肢,把他扶到安全的所在。龙舌兰和藏红花事后都说,在把老人扯下地的过程中,他们以为在扯一个风筝。

与沙滩和海潮做斗争的人们,在扶危救难时当然乐善好施,他们慷慨地劈碎茶砖生起炉火,为老人熬出了热茶,送上面食。轻若纸鹤的老人告过叨扰后,开始狼吞虎咽。在此期间,他不断打量房子周围的陈设,惶恐得像个孩子闯入刚开业的动物园。番红花后来说,老人将手放在桌上时,她透过老人的手掌,隐约看到了木桌面的纹理。那时她不动声色,但在起身关窗时,她特意看了一眼大剪刀上残留的头发:剪刀上纠缠的老人须发,的确是半透明的,就像精制的磨砂玻璃。

吃饱喝足后,老人解开褴褛的衣衫,掏出了一个布包,其中横陈着几颗种子。他边打饱嗝,边用教师的口吻教导众人:这是一种奇异的玫瑰花种,来自大海以外的某个爬满老虎、飞鸟和凉亭的岛屿。这种玫瑰花的根须无比强劲,在任何地方都能够种植开花。这种玫瑰花根性强韧,有着不可思议的繁殖和生长能力:它能令沙地与沼泽变成良田,使荒野变成花海。这种玫瑰花的花瓣，更是具有神奇的力量。老人炫耀般地伸出手，大家惊羡地看着老人那朦胧透明的手掌。他的肌肤、骨头、神经和血脉，仿佛都由玻璃制成。人们仿佛在观赏巫师的魔术，偶尔会有手颤抖着试图去抚摸，却因尊崇和紧张，半途缩回。这只手如此特异，轻易就让所有人相信了老人的陈述。当然，他说的也确实是真的。

"燃烧玫瑰花，并酌量吸取那些烟雾，你的身体将会变透明。"老人的语气像魔法师读着符咒，"透明的身体将愈加轻盈，于是你就能够飞翔，像羽毛或者落叶一样。但你必须抵制住诱惑：如果你吸入的烟太多，会越来越轻薄，就像水把画像的颜料洗淡了一样，最后，你的轮廓也会消失……你将会化成白云，被风吹散。"

藏红花诚惶诚恐地接过了那几颗种子，像怕玷污神物一样屏息望着它们。而老人则继续絮絮低语：

"我告诉你们玫瑰花的力量，并不是希望你们使用它……我知道对于你们而言，自由地飞翔是一种极大的诱惑，但那也许并不快乐，比如，你们看到我的窘迫情境……我只是说，你们可以利用种子来播撒玫瑰花，并且改造这里的土壤……这算是我的一点儿心意。"

远行辟荒的人们在幼时受过足够的童话教育，认为此类事宜应属理所当然。他们坚信这是类似于命运恩赐的宝物。老人在天亮时分告辞时，人们千恩万谢之后，便怀着敬畏与喜悦之心，观看这神奇的宝物。

"不应该让螃蟹们继续得意了。"龙舌兰喊了一声。

一群人围着方阵，维护着中间的藏红花。藏红花握着一枚种子，既不敢轻，也不敢重。他们在一片看似有湿痕的沙砾处停下，挖开沙子，将种子埋入，随即浇上了水。做完这一切后，人们立刻逃也似的回到房屋里，然后从门窗缝隙中惊惧地看着外面。

有一段时间，他们觉得老人在撒谎：午后漫长，除了螃蟹在烈日下略显慵懒之外，一切一如往常。黄昏来临时，有人小心翼翼地吐出了怨言，大多数人缄默不语。剩下的玫瑰花种被继续陈放在那方布上，没有人去触摸。夜色降临，大家爬回彼此的卧席。

有些人一夜都没有睡着，比如藏红花和龙舌兰夫妇。他们在黑暗中闻到了玫瑰花的香气。开始像老去的女子肌肤，香气淡薄而宁静。夜愈深，香气愈浓。他们开始怀疑这是幻觉。翻了个身后，他们觉得，自己仿佛沉睡在玫瑰花丛之中，香气像水一样浸透了他们的肌肤。到白色晨光透窗而入时，他们夫妇翻身而起，不断吸着鼻子。藏红花先起身，去推开了门。

然后，他像一只蜘蛛一样，四肢按在门框上，全身发软。他的同伴们来到他的背后，随即看到了眼前，一片红色的花海。

——在他们想象中，玫瑰种子埋在沙下，将根须朝四周伸展。沙被迫流散，任由根须以令人惊异的速度汲取水分，随即凶猛地暴涨，改变了土壤，伸出地表，让花朵迅速盛开，比螃蟹蔓延的速度还要迅捷。花枝势不可当地爆发，发出凌厉浓郁的香气。荒芜的沙滩神奇地变化着，湿润的泥土仿佛从地层深处翻了出来。大海的浪潮冲卷走了部分花朵，那些玫瑰花在波涛中载浮载沉。但更多的花朵火焰一般在海滩上轰然成长。晨光像少年的呼吸一样温柔地坠落在花朵上的时刻，惊异的目光像烈日一样灼热。他们必须相信这一神迹。就在眼前。海滩边居然真的可以长出那么丰茂的植物。

"我的天……"藏红花把脚轻轻地落在了地上。他踩到的是湿润的泥土，是软绵绵的、粘连的、生命力盎然的泥土，就在海边。他举起手来，放在额上。"我的天。"他说。

玉蜀黍去那个镇上，已经是秋天。那时距离海滨小镇成型已有多年，玫瑰已经不再多见：第一批开拓者靠着神奇的玫瑰花，让近海的沙滩变成了肥沃友好的土地，对任何植物种子都自由接纳，并送出美丽的丰果。但玫瑰花过于强大，它们让沙地变沃土的同时，也急速压抑甚至吞噬着其他植物。已经成为镇上居民的开拓者们，对玫瑰予以适当的裁剪、挖掘和移植，在那些被玫瑰变得丰美的土地上，播撒了其他植物种子。镇上只保留了一处玫瑰园，用篱笆围了起来。

出于敬畏，玫瑰种子与几朵干涩的玫瑰花，被小心妥帖地收藏起来，收藏在藏红花经营的酒馆中。

飞越玫瑰园

那年秋天,作为首都派来的海岸线测量员,玉蜀黍就坐在藏红花经营的酒馆里,看着窗外的落羽杉长到了酒馆屋檐的高度。那天,玉蜀黍初次看到了那个叫玫瑰的女孩。

他踏进那家酒馆实属偶然:刚到小镇上,他没什么朋友,只好随意找到当地一个年轻人花椒,问他哪里可以坐下来安神吃点儿东西,喝杯酒。花椒指了指藏红花开的酒馆。玉蜀黍抬头看了看:那被漆成红色的窗棂、奶酪色的墙壁,秋夜的天空像被蓝色与黑色均匀糅合后涂抹成的玻璃板,星光流韵,组织出晶莹的质感。看上去不错。那时他当然不知道,这是命运的邂逅。

玉蜀黍还记得那个叫玫瑰的女孩穿着白色的长裙,左手戴一只天蓝色的手镯。她说她不喜欢这种仿古长裙,之所以穿着,只因为与酒馆老板藏红花签订的工作合同中,注明了着装标准。她的选择范围仅仅是白色仿古长裙,以及暴露的沙滩式着装。

玫瑰说起这些的时候,她的竖琴立在吧台旁。那天晚上,客人很少。酒馆里只有玉蜀黍一个人坐着,安心地吃当地特产食品:当地产的明虾肉制成的三明治,配以牡蛎。玉蜀黍要来这份特产食品时,玫瑰好心劝诫说:您最好多要一杯水。

玉蜀黍连喝了四杯水,才缓解咽喉咸到发痛的症状。从此,玉蜀黍对这个名叫玫瑰的女孩产生了好感。玉蜀黍啃吃三明治时,玫瑰一丝不苟地弹拨着竖琴古曲:即便店堂里只有他们两人。当玉蜀黍被咸到咳嗽时,玫瑰摇响了银制的铃铛,一个穿着花袍的半大老头——那时还没有犯糊涂说梦呓的藏红花老头——送上了五杯水。当玉蜀黍鲸吞玻璃杯中的水时,玫瑰安静地注视着玉蜀黍,并不嘲笑他的狼狈。

玫瑰:你刚来这个镇,是吧?

玉蜀黍:是。你怎么知道?

玫瑰:因为你面孔生。而且,这个店里很少有人这么吃东西,还不怕咸着的。你是外乡人。

玉蜀黍:是的。

玫瑰:为什么会到这个镇上来呢?

玉蜀黍:我是个测量员,到这里来丈量土地,画地图,画海岸线。

玫瑰:好难得的,有人肯在这里听我弹竖琴。

玉蜀黍:(尴尬地)其实我也不是很懂竖琴……只是,嗯,那个……

玫瑰:我还有一个小时就下班。如果你想的话,这一个小时我可以继续弹竖琴给你听。当然,如果你觉得很吵的话……

玉蜀黍:很好听呀。我很愿意继续听下去。对了,我叫玉蜀黍。你叫……

玫瑰:玫瑰。

接下来的一个小时,玫瑰弹拨着乐曲,而玉蜀黍则安坐一边,一杯一杯地喝着水。在整整一个小时的时间里,玉蜀黍交替注视着玫瑰、竖琴以及猫。她的竖琴闪烁着深浅不定的棕褐与琥珀色,琴上配有金色的弦轴,琴侧放着一管羽毛拨子。

飞越玫瑰园

　　玉蜀黍和玫瑰走在下班路上的时候,新月已升得很高。在防波堤的那一侧,映在海面上的修长的月亮如白银铸造的弯刀。海潮的声音不断地抚动着秋季的夜色。路的另一侧,香子兰树护卫着花圃,那些一度是沙滩的土壤,哺育着繁茂的植物丛。玉蜀黍建议说可以去海边坐一会儿,玫瑰思忖了一会儿,看了看月亮,说:时间不早了。

　　在一座侧旁种满紫苑菊的木屋前,玫瑰停下脚步,看了玉蜀黍一眼,然后点了点头,说:我到家了。玉蜀黍看着她,等待下文。玫瑰用牙齿轻轻咬了一下舌尖,说:下次见。

　　玉蜀黍的测量工作开展得并不顺利。按照他的汇报,镇上地形复杂,土质多变,而且秋季的潮汐总会阻挠他的工作,所以他在镇上一留再留。当然,他也就有理由一再去酒馆了。他第二次去酒馆时,柜台边的藏红花老头看了他一眼,便垂下眼睛,继续专心地抹桌子。玫瑰看到玉蜀黍时,也只是抬头微笑一下。玫瑰弹奏乐曲的时候,玉蜀黍始终凝望着她。

　　到那天下班时,玫瑰要求玉蜀黍,不要再盯着她。"我害怕别人看着我演奏。"玉蜀黍对此质疑:"如果你将来在大庭广众之下演奏竖琴,难道也会紧张吗?"

　　坐在海滩上的玫瑰看了玉蜀黍一眼,然后摇了摇头。"你不了解。"她说,"我学竖琴的时候,教师就说过,竖琴是古典艺术,只适合小范围聚会和沙龙。我从来都没想过,要在大庭广众下演奏。"

第二部 首都

玉蜀黍开始在镇上有了朋友,包括一些渔夫、水手、园丁,以及甜酒酿制师,包括一群与他同龄的人:花椒当然是他第一个好朋友。然后是萝卜、肉豆蔻、浣熊和猫头鹰。最初来到这片海边,建造房屋、播撒玫瑰花种的人们已经老去。龙舌兰和藏红花已经成为老夫老妻,而番红花已经有了女儿,正在遭受肉豆蔻紧急的追求。后来的一些夜晚,玉蜀黍招呼这些朋友去酒馆,聆听玫瑰的竖琴演奏。玫瑰咬着嘴唇,对忽然多起来的观众多少有些措手不及。藏红花老头倒对此现象大为欣喜,特意为店堂添置了漂亮的檀香木椅和雕花纹的玻璃杯,收费自然也相应提高。

玫瑰开始拥有了自己的听众。也许是因为她弹奏的乐曲始终有海洋的主题,切合玉蜀黍招来那些朋友的心意——他们大多在海边工作。也许是因为,那些朋友愿意表现出对玉蜀黍的热忱,连带对他喜爱的女孩子也热情捧场。总而言之,不到两个月时间里,玫瑰的竖琴演奏有了一批常客。玉蜀黍始终是其中之一。

秋深时节,大海渐呈灰色。玉蜀黍和玫瑰坐在防波堤上。玫瑰将发带取下,让长发在风里飞扬。玉蜀黍问玫瑰是否已经习惯了拥有如此多的——多达数十个——听众,玫瑰侧过头来,微笑一下。无所谓了。她说。现在工作稳定了,只想好好弹曲子。

玫瑰第一次和玉蜀黍说起了过去。她说,她的父亲,一个一生痴迷于象棋的老男人,在某天夜晚,听罢一个著名的竖琴演奏家的演奏后——那位演奏家以卷发、大手和额上的一条烧伤之痕为典型特征——走火入魔地爱上了竖琴。为了让她学竖琴,父亲卖掉了她母亲的梳妆台,卖掉了她爷爷传下来的镶红宝石的烟斗,自己戒了酒——讽刺的是,戒掉酒的第三年,他自己就成了沙鸥。

沙鸥?玉蜀黍问。

玫瑰说:我们故乡的习惯说法。一个人死了,就会变成沙鸥。

那天晚上,完全是突发奇想,玉蜀黍以玫瑰为题写了一篇报导。在报导中,玉蜀黍将玫瑰的身世添油加醋,将她的琴技大加褒扬:海滨小镇上,一个身世曲折的美丽竖琴女郎的传奇故事。玉蜀黍如是写罢,第二天便将这份稿子寄给了首都一位相熟的报纸编辑。

初冬时节,一辆黑色马车来到了小镇上,由于马车过于跋扈宽大,镇上闲人都围拢来看热闹。马车在酒馆前停下,一群穿黑色礼服的人物进了门,一个长着鹰钩鼻的男人——事后证明他是首都的剧院老板——在所有客人惊异的目光下,走到玫瑰面前:

"你好,我想跟你谈一谈。"

她的成名来得如此之快。几天后,玉蜀黍和花椒在酒馆下棋时,窗外工人们已在海滩边架起大幅海报。玫瑰的脸赫然出现在海报上,发型衣服都变得堂皇烂漫,姿容看上去高贵不可侵犯。海报下端的广告词,显然是经过精心揣度,言简意赅地展示了她的优点,与玉蜀黍曾经描述过的辞藻吻合，措辞又远比玉蜀黍的巧妙。

从首都来的旅游者纷纷传说，在剧院演出时，玫瑰所弹奏的曲子精致、完美、圆润，绝无瑕疵：当然已经不是独奏了，现在剧院有无数乐器为之附和为之伴奏，甚至她鞠躬谢幕，都有专人为她扶着裙摆。她精美到极致，与广告中展示的一切商品一样无可挑剔。她是首都最新的宠儿、众人围捧的公主。画家为她描绘美丽的肖像：在肖像上，玫瑰穿着仿古长袍，美丽动人又饶有古典韵味。

转年的春天，首都出版了玫瑰的传记。玉蜀黍曾经在报导中戏笔吹嘘的传奇身世，被原样照搬进了书籍。随即有人探索玫瑰的一切：她的个人嗜好、她酷爱的饮料、她的真实年纪、身高体重、是否有情人，等等。有几位音乐评论家撰稿称：这个竖琴女郎的出现，意味着古典音乐在这个时代的复兴。

玫瑰离开小镇一年了。玉蜀黍的地图绘制工作也早已完成。玉蜀黍向首都的工作单位请了长假，在小镇上度过了第二个冬天。玉蜀黍偶尔会路过玫瑰的家门口。那儿已人去楼空，紫苑菊已经枯萎，小径上还残留着紫色芳菲点滴。

玫瑰最初的听众，即玉蜀黍以及玉蜀黍的那些朋友，在玫瑰成名之初，还几次三番地组织了关于她的俱乐部和沙龙，谈论她的曲子，并给出意见。他们像一群苛刻的评论家，摆弄着自己三脚猫的音乐常识，对玫瑰的竖琴演奏评头论足。这一俱乐部随即因玫瑰的成名而声名远播。

不断地有后续者加入，使俱乐部日趋发展壮大。随着时间流逝，俱乐部开始产生了定期的聚会。一群年轻人成为聚会的主力。他们风风火火地歌颂玫瑰，唱歌、写诗、画玫瑰的肖像、朗读玫瑰的生平，等等。一个少年去镇政府注册了以玫瑰命名的同好会，自任会长，并组织大批居民，到首都观看玫瑰的演出。

而玉蜀黍以及玉蜀黍的那些朋友，则由于不想交纳会费，不愿参与定期的聚会，被同好会拒之门外。同好会宣称："这批家伙没资格当玫瑰的拥趸！"花椒反唇相讥："我听玫瑰弹琴的时候，你们都还不知道在哪里呢！"

第三年春天，玫瑰参演的一部音乐剧上演。作为客串出演的玫瑰扮演了一个公主，骑在大象背上弹弄竖琴，有宫女为玫瑰打起巨大的伞盖。玉蜀黍和花椒一起站在宣传画前，看着玫瑰的样子。花椒问：

"嘿，你有没有觉得，玫瑰看上去，还是有点儿不知道该干吗？"

"也许剧情需要她如此吧。"玉蜀黍说。

玉蜀黍再一次看到玫瑰，是那一年秋天。他在花圃中的秋千架上，望着香子兰树。踏沙的声音。玉蜀黍回过头来，看着玫瑰站在他面前。

玉蜀黍呆呆地看着玫瑰。玫瑰的左眼角多了一条痕。神色比以前要从容许多。玉蜀黍咳嗽了两声，不知道该说什么，

你好。玉蜀黍说。好容易憋出一句。

你好。玫瑰回答。

回来了?
是的。
度假吗,还是要演出?
回来了,不出去了。
为新演出操心吗?
不是的。没有演出了。没有了。结束了。

玉蜀黍第一次进入了玫瑰的木屋,玫瑰坐在窗台上,紫苑菊像紫色的溪流一样随风发出细微的潮动声。再远处,大海的波涛不断起伏。玫瑰伸出手无意识地摸了一下眼角,然后,回头看看玉蜀黍。

事情出在夏天。玫瑰说。她正在首都预备新表演曲目,出席一个宴会时,遇到了一个竖琴大师。卷发,大手,额上有痕。那个玫瑰的父亲崇拜得走火入魔的海外大师,手端着甜酒与玫瑰聊天,笑容甜美。玫瑰感到全身心都沉浸在幸福之中。她扯起自己白色的袖子,要求大师为自己签名,恳求大师能够指点自己的竖琴技法。大师微笑着,说:一会儿,你到我的房间里来。这些都没问题。

后来呢?玉蜀黍问。
玫瑰看了玉蜀黍一眼,笑了笑,说:

后来，在他房间里，我甩开他的手，打了他一耳光，往房间外面走。他拿起玻璃杯，砸在我的左脸上。看，这条痕。看到了吗？

她的事业毁了。玫瑰离开了首都。糟糕的还不只如此。在回来的路上，玫瑰发觉自己被玻璃杯砸中的左耳，听力逐渐减弱，而右耳也莫名其妙地开始幻听。周遭的声音，离她越来越远，像海面上的泡沫，伸出手去，却无法捕捉。

玉蜀黍安慰她说，应该是错觉。玫瑰点了点头，神情恍惚。过了一会儿，她回过头来问：

"想听我弹琴吗？如果我聋了，就再也弹不好了。你也听不到了。"

她又弹起了那些以海洋为主题的曲子。全神贯注地用手指、用羽管拨着琴弦。玉蜀黍听到大海的声音浮动。夕阳从树间流下最后的斜晖，在紫苑菊上盘旋。云山升起的时候，夕阳被渐次淹没。木屋中忽然就被朦胧的昏黄色笼罩。

琴声越去越远，他回过头，看到她的手指，力度渐次轻柔地拨弄着琴弦。到了最后，仿佛失去力气一般，她闭上眼睛，手指停留在了琴弦上。她将额头放在自己双手上，长发自脸侧垂下。

玉蜀黍将她扶到椅上坐好。玫瑰睁开眼睛，呆呆地望着窗外的大海。玉蜀黍站起身来，退出木屋。直到他关上门之前，她都在看着大海。

玉蜀黍穿过香子兰树丛,来到了海滩边上。地上有废旧的海报被吹动。天空已经变灰,秋季的大海波涛翻涌,鳞片般闪烁而起伏的海水,不断奔来又不断远去。他抬起头来,看到灰色的天空上,一只灰色的沙鸥,双翼剪着咸味的疾风,在海面上飞速地滑翔。一片浪花涌起之后,它扬起翅膀,向西边的天空飞去。

玉蜀黍在堤坝上坐下,悬空双脚。海水在他的脚下翻涌。月亮缓慢地自海上升起。海浪在月亮的力量下,似乎多少平静了一点。一起,一伏。月亮的倒影抖动着,支离破碎。夜半,海滩的偏远地带,玫瑰花香气愈浓。

"我想,"玉蜀黍自言自语,说出了声来,"我知道我该怎么做了。"

求婚的过程非常简单:第二天午后,木屋的窗口,玉蜀黍把一束玫瑰花放在了与花朵同名的女孩儿面前。玫瑰伸手指了指自己的耳朵,然后用手指模仿了花瓣凋零的样子。玉蜀黍把花束塞在了她的手里,然后站到她身侧。玫瑰微笑着点头。玉蜀黍将用花枝做成的戒指套在了她的左手无名指上。

镇上的人们没来得及祝贺他们的订婚,因为预定的酒宴,遭遇了改变国家命运的突发状况。订婚之后的第五天早晨,玉蜀黍被叫到海滩边:他原本预备在那里举办订婚宴会,如今却站着一群灰衣人;近海则停着一艘帆船。跟在玉蜀黍身旁的朋友们,完全没发觉这是不祥之兆,他们与海滩上被打扰的螃蟹们一样怒不可遏。迅速前来围观的镇上居民看到了他们的年轻人与那群灰色袍子的人争执甚欢。

领头的灰衣人态度倨傲，说话时习惯性地微微俯身。

"给我们让出一座房屋，给我们淡水和食物。把你们镇上的名册给我们。"

说话的人有意无意地，抚摸着腰间的剑锷。花椒被他的傲慢姿态激怒，朝他喷洒嘲讽与斥责；其他灰袍人自然不甘寂寞，也回以恐吓和威胁。似乎耐心有限，领头的人拔出了剑，并象征性地挥舞了两下。剑刃割裂海风，发出呜呜的声音。镇上的年轻人畏惧地后退：没有谁敢拿血肉之躯对阵金属的刃锋；何况，剑在出鞘之前，一切言论都只算威胁；剑若出鞘，事情的性质就改变了，这起码是一场斗殴，很可能要见血。站在前列的玉蜀黍转过身来，走开几步——然后，当看见灰衣人们没一个人凝注他时，他再度转身向海，小步奔跑，一个飞扑，伸臂，展腿，全身的重量落在领头的灰袍人肩头。两人一骨碌倒在海边。刚才割裂海风的剑，此刻落地，与黄沙做伴。玉蜀黍比对方早一步直起身来。他不需要站稳，只需要找到重心。当你已经砍了狮子一刀，你就不可能再去和它言归于好。所有的青年人都意会到这一点，他们把自己的身体当作炮弹，集体扑向对面的人群。距离太近，灰衣人们来不及拔出兵器。厮打延续的时间并不长：就像大多数打架那么短暂。毕竟即便是旷日持久的战争，大多数时间也都耗费在彼此试探与迂回行军之上。海滩边的居民人多势众,来得及包围,让灰衣人们顾此失彼,蒙受各色突如其来的攻击。开始打架之后,人们热血奔涌,来不及细细思考。第一拳下去后,没人想息事宁人,而是琢磨第二拳怎么到位。

灰袍人们的衣带被扯断,几柄未出鞘的剑落在沙地上。他们蹚着水,朝自己的船上跑去,不顾背后的镇上居民扔来的石头。几十个灰袍人陆续踉跄地逼近船,攀上去,跑在最后的那位——他们那位拔了剑的领袖,被玉蜀黍一拳打碎了鼻子——中途摔了一跤,他的同伴们将他扯进了船。从舷侧伸出的船桨,忙乱不堪地划动海水,使船在原地打转。青年们踩在海水浸润的沙滩上,用石头和沙土继续招呼着远去的船只。投掷准头较足的人获得鼓掌和欢呼。玉蜀黍像个英雄一样把剑捡了起来,高举双手接受大家的赞扬和拍肩。

那天余下的时间里,镇上心思缜密些的年轻人,自发从仓库里取来了木制柄的长矛,站在那艘船消失的海滩边,望着远处的海平面,灰色的大船消失的地方。他们因紧张和炎热而汗流浃背。经历了午后的阳光曝晒后,他们发现没有灾祸随之而来,于是决定回家。玉蜀黍、他的朋友以及镇上元老们,躲在藏红花的酒馆里,研究那柄被缴获的剑。

"很高明的制造工艺。"藏红花敲打剑脊、端详剑锋、抚摸护手后,如此断言;周围诸位对此反应冷淡。一来这是柄好剑,实乃一望皆知的明显事实,二来承认敌对方的科技和武装水平,对自信心实无益处。

暮色降临，玉蜀黍回到自己家时，玫瑰正在试穿出席酒宴的礼服。玉蜀黍连说带打手势，将事态告知了未婚妻，由于情节紧张、事发突然，他的手势烦琐急促，表情简直带些凶狠。玫瑰为此不安。陈述完事实之后，玉蜀黍才真正发觉自己的处境：这多半只是个开始。这一个下午的平安无事，也许只是暴风雨到来前的宁静。这点儿忧思消磨掉了他的乐观情绪，他逐渐转变为躁动不安。玫瑰踮起脚，像孩子玩游戏似的，用自己的鼻端轻擦一下她未婚夫的鼻端。

"也许这只是一群普通的海盗。"她说，由于听力的减弱，她的发音比平时要响亮。

他们当然不会刻意散布心中的忧虑。镇上的大多数居民都如此：他们没有忘记这件事，玉蜀黍和玫瑰的订婚酒宴因此推迟；但每个人内心都希望，这次斗殴不过是一次普通的本地青年与外来水手的小冲突。这种多少有些自欺欺人以求安乐的情绪，令三天之后的突发状况到来时，人人措手不及。三天之后的早晨，早起在海边晃荡的萝卜和猫头鹰，无辜地遭受了内心震撼：年少而乐观的他们抬头，望见了远处的海平面被灰色云翳笼罩，有一会儿，他们以为那是海边惯见、倏来倏往的暴风雨，正预备侵吞烂漫的阳光。但是稍等一刻，他们发现那移来的云翳有形有影，仿佛一片森林在朝海滩移动。他们被某种不佳的预感攫住了，哑口无言地看着远方。直到他们能够看清楚，那片遮蔽海天相接线的云翳，乃是一支庞大的帆船队，船首高耸。这是他们那里不成文的惯例：平底船意味着和平——因为要装载更多货物来买卖——而高船头尖底船，大多带着杀戮的任务。

呼喊声响遍全镇，居民们齐刷刷来到海滩，此时阵势井然的帆船队已到近海，看上去格外庞大。它们的规模太宏大了，没有一个居民试图用石块来阻挡帆船逼近的步伐，就像会追逐鸭子的人不会想去徒手和鲸搏斗似的。灰色的帆影密集如森林，剪裁着作为背景的蓝天白云，使人失去向前的勇气。船队靠近海岸的过程中，三天前还热血鲁莽的青年们无意识地后退，陷入了紧张的缄默，被恐惧攫取了斗志。居民们就像做梦似的，看着灰色的影子缓慢又坚定地逼近海滩。

方帆与三角帆汇成的森林在近海处停止移动，船首像那些莫名其妙的怪物瞪着恐怖的眼睛。大船放下了密密麻麻的舢板，简直要遮没海面；船上下来一群灰袍人，通过密密麻麻的缆绳汇编的网络，像一群灰色的蚂蚁。阳光照耀着他们手里的兵器，闪耀的锋刃会让人忍不住意识到自己肌肉的柔软。玉蜀黍不自觉地后退了一步。海岸上的居民们出于尊严，没有大溃败式的逃散，但他们不自觉地后退，试图拉长一些与灰衣人群——现在，已经可以看出他们是支组织有序的军队了——的距离。

已经踏上海滩的灰衣人群中，一个穿着灰色甲胄、戴着高高头盔的男人越众而出。他的头盔相对于他中等的身材显得庄严而滑稽，阳光明白无误地落在了他的脸上，照亮了他额上的一条凌厉疤痕。他身旁是一个文弱少年，手抱一本红色簿子；他身后则是那个三天前,被玉蜀黍揍了的男人。一个孩子坐在那男人肩上,看上去不过五六岁而已。

"我不喜欢他。"玫瑰说,"我讨厌额头带疤的男人。"

从帆船的来处,乌云开始密集。阳光被遮没,居民们像畏雨的昆虫,发出轻微的骚动。灰衣人们的靴子,在那片只供风流浮华少年少女互相挑逗谈情取乐的海滩上,留下斧凿一样的脚印。那个额头带疤、头盔高耸、明显身为首领的男子,在离最前沿的居民们五步远的地方站住了。他思考了一下,似乎在斟酌着词句。

"我不希望浪费你们的时间,因为时间非常宝贵……时间是生命最本质的事物,是政治、军事和人类生活中少数不可赎买和替代的财富之一……我尽量开门见山地说出我的要求。首先,我要求绝对的服从和秩序,我希望本镇居民能够尽量平心静气地,接受我们的一些处理意见。其次,我们需要住宅、食物,以及修补战船的工人。第三,几天前,我的战友在这片海岸经受了侮辱。你们知道,侮辱一个军人比杀死他更为严重。我希望你们可以交出那个人来,谢谢。"

他做了个手势,他身后那个三天前挨了揍的家伙走前两步,手扶肩上坐着的男孩,对首领微微俯身。首领沉默了一会儿,目光扫过了海滩上的人群。

"我知道等你们自动出列挺艰难的。"首领平心静气地说,"这我理解。我给你们一个机会,是出于对你们的尊重。那么,现在,请你们站着别动。我会让我的这位部下,从你们之中,把那个侮辱他的男人找出来。我希望你们不要为此而不安。"

首领挥了一下手,他的士兵们操着长矛与弓弩散开了阵型,镇上的居民们不知所措地后退,然而士兵们已经绕到了侧翼,兵器中那些致命的部分遥遥地对准每个人。首领对他身旁微微俯身的部下耳语了几句,部下点点头,扶了扶坐在他肩头的少年,挥了挥手:灰衣军人成队列地逼近。背后的海上,战船放下的舢板还在陆续靠岸,划动的桨声一直没停。

花椒跳了起来,他张开双手,跑向灰衣人率领的队伍,并且大喊一声:"你们要干什么?"

他没有来得及多喊一句,所有的人便都听见了嗖的裂空之声。一支羽箭射穿了他的身体。习惯微微俯身的男人抬起右手,遮住肩上少年的眼睛,自己平静地看着花椒,看着花椒的瞳孔收缩,口中飙出了血。花椒的身体失去控制朝后跌出,倒在地上。疼痛导致的抽搐并未持续多久。居民们清晰地看到,他的身体很快停止了动弹。海风缓慢地吹着他的衣服折起波浪。双腿发软坐倒在地的居民又多了几个。

首领慢慢放下了手里的弩,交给身旁的卫兵。

"去。"他说。

飞越玫瑰园

    习惯微微俯身的男人穿过人群——居民们像恐惧瘟疫一样迅速让开了一条路——来到被杀者的身旁。他仔细地看了一下花椒的面容，随即转身，回到他们首领的面前，摇了摇头。首领叹了口气，耸了一下肩。

    "我以为他要反抗，我以为是他……我提醒过，不要擅自妄动，否则我会以为那就是肇事者。现在，希望大家可以站着，不动，可以吗？"

    居民们望着首领和他被侮辱的部下走近，不敢再动。人群里的玉蜀黍，觉得自己像潜伏在灌木丛的被追捕者，而灌木丛正在缓慢被掀开，光明意味着危险。首领和被侮辱的部下悠然地从居民们面前走过，被指点的居民们闻到了——也许更多源于幻觉——血腥味。那是死去的花椒汩汩流淌的鲜血。首领的手指像弹奏琴键一样翻动着，朝居民们一一指点，而被侮辱的部下则阴郁着面色，微微俯身，一一予以否认。玉蜀黍的手心出汗，他知道自己马上就要被揪出来了。不断登陆的士兵踢着不解风情的螃蟹，列队保持着威仪。一个吹口哨的孩子被士兵威胁的手势吓住了。嗡嗡的私下议论声最后绝迹，人们在面面相觑中胆战心惊。

    "是他吗？"首领似乎饶有兴味地重复着这一问话，并将手指点向一张张惊惧的面容，而被侮辱的部下则微微俯身，不断摇头，他肩头坐着的男孩打量着所有人。玉蜀黍发觉,他身前人群堆成的灌木丛正不断变疏。乌云缓慢地移到了海滩的上空。玉蜀黍用细碎到不易察觉的步伐,试图后退。他的脖子发直,背后冰凉,身体开始颤抖。他感到一只手轻轻握住他的左手,他转过头,看见了他的未婚妻。

玫瑰站在了她的未婚夫身前,挺直了腰,若无其事地遮挡她未婚夫的表情。首领慢慢地走过,手指划过每一个人——直到落在玫瑰的眼前。

首领轻声打了个呼哨。

"他妈的。"离他不远的人们,都听到了他这一声叹息,"世界上还有这么美的女人!"

玫瑰看着他,眉毛都没有动一下。她的裙裾随着微微的风飘荡着,嘴唇紧抿。首领从她身前走过几步,又走了回来,望了她一会儿,就像一个收藏家辨认集市上的宝石。

"可以笑一下吗?"他问。

玫瑰指了一下耳朵,随即摇了摇头。

"你听不清楚,是吗?"首领提高了一点儿声音,"或者,这是你巧妙的拒绝方式?"

玫瑰毫无反应。

"那么,这样。"首领用训示军队的音量喊道,玉蜀黍感觉这颇为

飞越玫瑰园

滑稽,"可以笑一下吗,美丽的女孩?"

"笑?"玫瑰确认似的反问。首领露出了微笑,随即用手帕按住嘴唇,咳嗽了两声。风吹起沙子,掠过了海滩上每个人的眉宇。

"笑一下。"首领说,"你是我见过的最美的女人。"

"要我笑,算是命令呢,还是请求?"玫瑰问道。

"请求。"首领说。

"那么恕我不能依从。"玫瑰说。"我不想朝杀人者微笑。"

"我刚才误杀的是你的朋友?"

"镇上每个人都是我的朋友。他们是人,不是羊。"

"我理解了。"首领的语调变得温柔,配合着他高亢的嗓音,滑稽程度未曾稍减,"但抱歉啊,我没有办法。我是这个军队的首脑,要保持军队的战斗力,要令他们服从我,就必须使我的战友保持对我的信任,而要保持他们对我的信任和服从,我必须维护他们的权益。我的这位属下,那,"——他说话时,他那位部下沉默地微微俯身,"他是我最好的朋友、最好的部下,以后也将照顾我的儿子。他受到了侮辱,他的自信心和自尊心受到了挫伤。我就必须为他出头。你当然可以认为我是侵略者,我影响了你们的日常生活。但是我必须按照自己制定的律令从事。约束军队需要律令,而一旦这种法律无法绝对贯彻,军队就会失去信心,就会失去战斗力。我是不能倒下的,我的军队也是。也许你厌恶我的军队,但如果站在我的角度,你会明白我的苦衷。"

"你需要的是什么?"玫瑰冷漠地问。

"我的属下的尊严和自信心,以及军队的尊严。"首领温柔地说,"我们必须找出那个侮辱了他以及我的军队的人,对他追究责任。这样可以使我的士兵们相信,我们已经确实征服了这个镇,使他们的虚荣心得到满足,使他们的自尊心得到填补。精神和性欲、胃口一样需要满足,尤其对于一个不缺衣食的男人而言。你能够明白吗?"

"这个镇的人不会被你征服的。他们不会屈服给一个侵略者。"

"他们会的。我明白,他们仇恨我、敌视我。但是为了自己的性命安全,为了自己心爱的人,他们最后会选择一条比较容易的路。我尊重他们,我尊重他们身上那些普通人的品质。我需要的仅仅是一个象征而已。我并不一定要抓住那个人,我们可以考虑,比如……比如,如果你愿意嫁给我,那么就完成了我们的军队和这个镇的某种契约,我的士兵们会觉得,我们与你们之间,已经不存在矛盾,于是他们就得到了满足……如果我们是一体的,那么过去的冲突都只会是误会了。你明白我的意思吗?"

玉蜀黍感觉到玫瑰握住了他的手,狠狠地掐了一下,阻止了他冒险跳起、朝对方首领劈出致命一击的企图。雨丝像面色阴郁的孩子所画的铅笔线条一样落下,螃蟹和海龟急急忙忙寻找各自的巢穴。居民们挽起衣领或者戴上帽子,来遮挡雨丝的侵袭,但依然没人敢擅自逃开:长矛与弩还树立着呢。

玫瑰用一种堪称傲慢的眼神，盯了首领一眼。

"我从未听说过如此暴戾的求婚。"

"但如果我们的婚姻可以消弭一些仇恨，这就是最温柔的求婚了。不是吗？"

"作为对一个女人虚荣心的满足，"玫瑰说，"你应当允许她有时间考虑。"

"以及？"

"以及给她的朋友们自由。"

首领挥了一下手，长矛们离开居民的身体周围。被侮辱的部下转身，随着他的部将们后退几步。首领看了玫瑰一眼，微笑一下。

"至少今天晚上，你和你的邻居们是自由的。你可以自由地考虑我的提议。"他说，"当然有些人可能会不觉得，因为他们的房屋会被我们占据……我只希望不至于使他们不愉快，我希望你不至于不愉快……考虑一下吧，我确实希望你成为我的新娘。"

随即，他转身大步离开。军队跟着他，朝镇上散去。

那是玉蜀黍在镇上的最后一个夜晚。藏红花在交给他一个布包之后便悄然离去。玉蜀黍和玫瑰在木屋中彼此对视，屏息无语。窗外的紫苑菊在灰色的阴雨下大片大片地枯萎……玉蜀黍清楚地知道，要逃离这个镇，只有趁这个夜晚。

玫瑰躲在屋角，看着玉蜀黍解开了布包：两朵枯萎的玫瑰花瓣，两颗玫瑰花种子……他合上布包，揣进怀里。玉蜀黍回过头来，看着他心爱的女人。

"你不跟我一起逃走吗？"玉蜀黍问。

"不。"玫瑰说，"镇上的人们会被他全部杀死的。我不走。而你，你必须走。去首都，"玫瑰迅速地说，"然后向他们报信。如果能够让首都的人们剿灭这支来犯的军队，那么我们还有希望……我会尽量要求他延迟婚期……我等着你回来。"

玉蜀黍推开门。踏入雨中之前，他回头看看：玫瑰吹灭了蜡烛，站在窗前凝望着。这是他关于这个镇的最后记忆，他再未踏上过这个镇的大地。他逃走了，向首都逃去报信了。

百合花　之五

"故事讲完了。"玉蜀黍说。

"两个疑问。"我说。

"我有三个。"若说，"不过，你先说吧。"

"第一，你当时离开镇子后，便逃到了首都，然后报告了军情，是这样，对吗？"

"是的。"玉蜀黍神色黯然，"我逃离小镇，到了首都，报知了军情。首都发动了适龄男子前去迎战，我担当了向导……结果军队遭遇了屠杀。我被捕了。殖民军首领说，他可以再放过我一次，但我必须为敌人的军队充当向导……我就是那个吞下了白马骨殖的人，白马的骨殖依然在我体内存在着……我被单独囚禁时，点燃了我藏着的玫瑰花瓣，让身体变轻，然后，从城堡的窗口向下跳去，得以在雨中潜游离开。因为我能够飞翔。"

"其次，"我说，"在玫瑰的婚礼上，你回去过，是吗？"

"是的。"玉蜀黍说，"我无法控制对她的想念……我在那个日子飞临到海滩的上空，我抛下了一朵玫瑰花，作为对她的告别，但后来我才知道，她也在那天死去了……从那以后，我便开始流浪。海上的飓风令我畏惧，我太轻了，我不能飞离这片大陆。我只能在帝国的四野，提心吊胆地流浪。最后我发觉，最安全的地方还是监狱。唯有在这里，才没人能够知晓我的过去，认出我的面目……几年前，我用了点儿法子混进了监狱。帝国很紊乱，出狱并不容易，但混进监狱却不难。现在，我需要你们的故事。"

我慢慢地把我和若所知道的、所经历的一切说完。玉蜀黍在我身旁坐着，背靠监狱墙壁，默默听着。他高挺的鼻子赋予了他思考者的气质。我特意看了他一眼：确实，他的肌肤与我和若一样，是半透明的。

"你们的经历也蛮有趣的。"玉蜀黍说，"这么说，你是肉豆蔻的儿子、番红花的外孙。番红花将那朵玫瑰花一直藏着。她化成了白云，而你们则获得了飞翔的能力。藏红花老头变成了个梦话狂。"

"话说，我还有第三个问题。"若说。

"你问吧。"玉蜀黍说。

"你为什么下决心对我们说这些？"若问，"应该不只是想告诉我们真相吧。"

"因为需要借重你们的力量。"他平静地说，"我一开始就在猜，你们身上，大概有跟玫瑰花有关的东西。"

"你怎么知道？"

"百合花这个女孩儿，"玉蜀黍说，"是我收养的一个孤儿。我一度为了躲避追捕，假装残疾人，靠她在外面卖纸花为生……我在入狱之前，将最后一颗玫瑰花种藏在了她那里，没人会去特意搜一个孩子嘛，毕竟……现在，她冒险将这颗种子，通过你们交给了我，是因为她发现你们跟我一样，是半透明的。"

"有了玫瑰花种又如何呢？"

"军队布满整个国度。首都附近没有活的水源。这是一座已被政治法度勒到窒息的城市……唯一的水源，就在我们脚下。"

我和若示意他说下去。

"我说过了,首都这地方最初建立,是因为白马在沙地里,嗅出了水源的味道,并因此挖出了一口井……这口井后来成为首都的水源,就在我们脚下……殖民者成立帝国时,用首都居民的尸体,填死了首都所有的井,水源断绝。整个首都的水流都成问题,所以你们也看到,堡垒的护城河都成为沼泽,并被围上了堤坝,居民们无法接触淤泥池:他们一接近城堡就会被军队驱开。整个首都都像是淤泥似的……我的想法是:如果将这最后一颗玫瑰种子,抛进淤泥池里,会发生什么呢?你必须相信玫瑰花繁殖的力量。一夜之间,它们就可以长成一片海洋似的庞大植物群。一旦城堡附近,长出如此庞大的植物群,一定能够改变一些事。比如诱发洪水,比如导致地震。无论如何,都一定能发生改变。"

"听起来像是赌博。"我说。

"不。"玉蜀黍说,"不是赌博。要改变现状,我们只有一条路可以走。我们得发挥自己的与众不同的地方:我们不再是普通人了。"

"这话听着耳熟。"我说。

"国王也跟我们说过类似的话。"若说。

"某种程度上,我理解他。"玉蜀黍说。"姑且不论那个年轻的国王是否说了全部的实话,但他愿意与你们合作,对你们并没有坏处。他意识到了你们与众不同,希望借助你们特异的力量。"

"那么,我们来理一下现状。"我说,"我们有三个可以飞翔的人;

有一小朵玫瑰花，有一粒玫瑰花种子。按照你的说法，玫瑰花种子只要能落入沼泽，就可以激发神奇的力量，但这种神奇的力量能干点儿什么呢？再者，由谁去将玫瑰花种子投入沼泽呢？"

"我们都寻思一下吧。"玉蜀黍说。

我们还没寻思出什么来，就再次被国王召见了。

两天之后，下午。我们依照老程序，被传召去国王那个无窗的密室。也许是光线的缘故，这一次，年轻的国王似乎焦虑得多，谈吐也不复诗意。寒暄过后，几乎是迫不及待地发问：

"你们考虑好了吗？"

我与若对视一眼。我们知道，自己藏不住话。他看得出我们有秘密，他只是不知道我们有多少秘密。我们没法不与他同舟共济，因为我们正巧也知道了他的秘密。

我说出了一部分真相，边说边看着若的眼睛……我承认了我们有一朵玫瑰花，有一粒玫瑰花种子；我也提示了一点："玫瑰花种子与沼泽，可能产生巨大的效果；毕竟，玫瑰花种子是可以让沙土变良田的呢！"我每说一句，就看看若的眼睛，以确认自己是不是该继续下去。

国王在我说话时，神情发生了微妙的变化。看上去似乎表情依然，但等我说完后，他似乎老了十年。他的眼神灼灼，右手轻轻把玩着那个装白蚁的玻璃瓶。

"现状是,首相大人和我父亲的老同事,以及效忠他们的卫士,都住在堡垒之中;中下层军队干部则散居在首都内。我们现在身处堡垒顶层,显然无法脱身出堡垒,接近沼泽。实际上,我们无法向下。唯一的出口,就是天台顶上的监狱。"

"所以,我们成功的机会很渺茫。"若说。

国王沉默有顷,说:

"我二十四岁,可是我连鸟儿都没有看见过。我听说过你们所住的监狱是什么样子,你们可以看到天空。而我连这样的权利都没有。性格软弱的人,也许会委曲求全,但我的性格并非如此。我必须积极主动地寻求命运的罅隙。我决定冒这个险。"

他停了停,平抑激动的情绪。

"这样吧。你们能想办法,把玫瑰花种子投进沼泽吗?之后的一切,我有办法。请你们相信我。"

我看看若,若看着国王。

"你能发誓吗?"若说,"如果你出卖我们,如果……"

"我发誓。"国王庄严地说,"我用我父亲的头颅起誓。我不会出卖你们。我会竭尽全力给你们以自由,就像争取我自己的自由那样。"

"好。"我说。

我们回到了监狱。玉蜀黍在等候我们。

"果然如此。"玉蜀黍一副成竹在胸的样子,"他的构思,我猜不到。

但他一定有什么法子了。那么，开始吧。"

"你真有法子，将玫瑰花种子扔进沼泽？"

"是的。"玉蜀黍把握十足地说。

"百合花会在那里接应，还是你有其他的朋友？"

"都没有。"玉蜀黍说，"我亲自去。"

玉蜀黍站起身来，眯着眼看了一下天空。

"怎么做？"若第一次开口。

"你们的玫瑰。"玉蜀黍说，"我需要你们的玫瑰。"

"你怎么知道我们有？"我好奇了。

他报以苦涩的微笑："因为我和你们是一样的人。我感觉得出来。"

在彼此对视一眼后，我做了个手势，若从长发中，找出那三片玫瑰花瓣。水分已经流失，花瓣像残妆一样干涩。仅仅依靠植物纤维，才摇摇欲坠地保持着花朵的外观。玉蜀黍满意地望着它。

"这是……谁给你们的？"

"藏红花大爷。"

"真了不起。"玉蜀黍感叹地说，"我都不知道他是怎么弄到手，又藏了这么多年的。不过，无所谓了。"

"可以告诉我们，你打算怎么做吗？"我再次发问。

"可以。"玉蜀黍说，"点燃它，吸取一些烟。"

"这会让你变成白云。"我提醒他，"就像我的外婆一样。"

"那正是我的目的。"玉蜀黍说。

"介意说清楚一点儿吗？"这次换若说。

"吸取玫瑰花产生的烟雾能够使人变轻变透明，达到一定量，人即会消失，变成白云。我会吸取到某个程度，即我的身体已经不再是固体，成为半固体半烟云的状态。如此，我便可以从那里，"他指了一下玻璃监狱顶上的孔洞，"飘出去。"

我和若屏住了呼吸。我提醒他："但是，你会被风吹散的。从此你将彻底消失。"

"是的。我没打算飞远。"玉蜀黍说，"唯一的出路在上面。向下是行不通的。我们这个监狱，位于城堡的顶端，我只要飞离天台，将玫瑰花种子抛进下面围着城堡的淤泥池，我的任务就完成了。"

"但你会被一阵风吹散的。"我说。

"那又如何呢？"

我和若咀嚼着他的话语。玉蜀黍仰了仰头，认真地看了一会儿天空。

"我必须在夜晚付诸行动。你们尽量帮助我一下吧。很遗憾不能在一个晴朗的有阳光的日子里升上天空。我不想浮上去和那些脏兮兮的阴云为伍。可是没有办法，世界上没有十全十美的事。这是战争。之后，当异变发生时，你们随机而动吧。如果那个国王真的会配合你们做些什么，你们就与他协力；如果不行，你们就乘隙逃走——你们能够飞翔，别忘记这一点。"

我们三个人像三个失明的流浪者一样，背靠监狱墙角坐着，眼望着天色变暗。我不时看一下玉蜀黍：他神色镇定，偶尔会将眼皮合上。我们看着其他的囚犯无所事事地来往步行，哼唱着流浪者的歌谣，吃饭，聊天。天色如期暗了下来，玉蜀黍透明的肌肤上像撒上灰色的尘埃。卫兵们换了岗位。远方的屋顶上阴云浮动。玉蜀黍抬头看一眼，随即微笑一下。

"他们都在等待着我。"他说。

"谁？"虽然知道不该问，我还是忍不住开口。

"他们。那些死去很久的人们。"玉蜀黍说，用手指了一下云层，"他们在云上飘浮。花椒。番红花。首都的所有死者。哦，还有玫瑰。我正要去与他们见面。"

他用私藏的铁片——从水槽上拧下来的，他说——和石头——用袖子带进来的，他说——敲打着，火星微微溅起时，我们用袍袖为他做掩护。干涩的花瓣很容易便被点着了，玉蜀黍将燃烧的玫瑰花隐藏起来，轻轻地从领口吸那些烟缕。我和若则眼睁睁地看着他的身体一点点变透明，像被水洗的画布。

"随时都可能发生奇迹。"玉蜀黍说，"你们好自为之，抓紧机会。知道吗？"

"好的。"我说。

他不再说话,事实上,他似乎连说话都费力了。他的轮廓开始虚化,他的眉毛开始不那么清晰。他的呼吸声像游丝一样飘荡着。我想到秋天的树叶被风击透之前的样子。他的声音听上去空荡荡的,显然他问出一句话来,都很费力。

"她……玫瑰……在死去之后,还是很美吗?"

"很美。"若说,"美得不可思议。"

"她总是很美的。"玉蜀黍说出了最后一句话,"就像她的名字一样。"

我和若看到玉蜀黍的身体像一缕粗浓的烟,脱离了衣服的束缚。灰色的袍子像死去的躯壳一样委顿在地;他的身体变成一片透明的白云,只保留着身体的轮廓,裹挟着玫瑰花种子,扶摇直上。我惊异地看到,他的身体中部,那该是腹部的地方,有几枚黑色的片状物。我指给若看,若提醒我:

"那应该是白马的骨殖。"

这个传奇的人物,这个海岸线测量员,这个享受过最甜美的爱情、充当过最怯懦逃兵的人,此时我们已经辨不明他的面目了。他像一道颜色极淡的烟雾,保持着人体的形状,缓慢地升向玻璃监狱的顶端。卫兵们没有注意到这一幕,犯人们大多已陷入了睡眠。我和若看着他——我们已经很难将玉蜀黍称为"他"了,因为他已不是一个完整的人——轻松地从玻璃监狱的顶端透了出去。我们很难看清那颗粒状的玫瑰花种子的去向,我们只能尽力寻找那残余的人形烟雾,看到他与夜色融合。我们相信他飘离了天台，飘离了这监狱的领地。我和若的眼睛瞪得酸痛，我们毕竟不是蝙蝠，无法保证自己视力的精确……我们开始感觉到自己的无能为力，转而进行祈祷——虽然我们都不信神。

你必须相信这不是梦境，我和若在失去常人的身份之后，遇到了一个和我们类似的人。他用话语向我们陈述了过去，我们发觉我们的生命历程与他竟有着千丝万缕的联系，但他随即在翩然地微笑之后离去了……灰色的天幕之下层云密布，像冬天冻僵的山峦。你无法确实地得知他的影踪。他离开了，就像我的外婆一样。我和若彼此握紧了手，因为在这一时刻，我们俩才有必要确认彼此的存在……在这座玻璃的监狱中，我们已经一无所有。升上半空的玉蜀黍也许还有时间和力量想到很多话语。那些明亮的往昔在记忆的微光中闪烁不止。他对我们陈述的故事也在悄悄作用于我们的记忆，于是我情不自禁地开始想象玉蜀黍被风吹散之前的时刻。在那个时刻，他不再是人，而是一片云、一阵烟。我不知道是否该羡慕他，玫瑰花种子也许已经落进了淤泥池，那里长眠着许多人。我们的脚下曾经有过一整个城市，以及无数个家庭。它们各自崩溃了，在时间的长廊里，谁都不能作为永恒的记忆。玉蜀黍的某些记忆依靠叙述在我们身上复活，而他的其他记忆则随着他被风吹散的身体而分崩离析。我小心翼翼地吻着若，她则用手臂搂着我的脖子。我的鼻尖不时擦到她的鼻尖，她窄窄的肩膀颤

飞越玫瑰园

抖着,嘴唇发凉。在这种无助和侥幸的绝望中,过去的我们复活了。我们半透明的互相拥抱的身体开始回忆起曾经的海洋和沙滩,曾经的香子兰树丛和凤尾鱼,曾经的水手们的歌咏和帆船,以及那海一样的玫瑰花园,那些粉红的颜色像美术老师的画册或者巨鲸的血液。玉蜀黍的记忆也许比我们更为烂漫明丽,因为他曾经经历过更为自由也更为炫目的生活。此刻的他也许已经上升到浮云的附近,也许他正与我的外婆相遇,他们是否能够通过某些神秘的方式彼此辨认并予以握手,我不得而知。但我相信在某个刹那我忽然大彻大悟,在无限接近自由和永恒失去自由的边缘时刻,我发觉我必须珍视一些此前我并未发觉其价值的事物……一朵花盛开的时间长短,一座城市覆灭和兴起的历史,一个人对另一个人爱的期限,自由的价值,思维以及隐喻……某一片风也许在某个时刻走过了我的头顶,那也许是玉蜀黍最后的告白。而我和若则成为这个世界最为特殊的一员,因为我们再也无法找到同类……我开始幻想黑色的大海,不停的大雨不断地坠落在大海之中,与大海融成一体,一切都消融了,一切都结束了。当我意识到这一切结束时,天色开始呈现亮白的前兆,而我和若则安静地互相拥抱着,坐在监狱壁旁。我们被事实提示,我们的绝望也许只是命运对我们开的玩笑。对我们而言,最为宝贵也最为出人意料的事实是,我们看到了高齐城堡的巨大枝蔓,以及硕大无朋、足以和一条鲨鱼大小媲美的巨大玫瑰花。这意味着那一颗玫瑰花种子,那一枚希望,那颗神奇的东西里蕴藏着巨大的能力。而玉蜀黍,虽然他一度逃避过、怯懦过、流亡过又勇敢过,但他如今确实已经化成了白云,和他记忆中那些熟悉的人在一起了。

首都的历史 最终章

我们看到了奇迹:庞大至极的玫瑰花枝,如山峰般升起;无数花枝盘绕着城堡,每片花瓣,都庞大如夏日树冠;每朵花都勃然而起,花枝的刺仿佛粗大的树枝;围守监狱的士兵们大感恐慌。玫瑰花如洪水猛兽一样不可预测而又声势宏伟,这显然出于他们的常识之外。

监狱中的犯人兴奋躁动多于恐慌,他们一起来到监狱的壁旁,凝神观望:

"怎么会有这么大的花!"

"这花枝有大树那么粗!"

"我的天,那是花叶子吗?我还以为是大象耳朵哩!"

卫兵们在天台上奔跑着,长官们喝令着,让他们不要惊慌。玫瑰花富有侵略性地生长着,枝条像有生命的巨蟒一样纠缠着城堡。我感觉到脚下开始晃动。囚犯们开始紧张。

"地震?"有人喊道,此语带来了更大的恐慌。玫瑰花枝摇撼着城堡,而旁逸斜出的花刺则密密麻麻地在枝上横生倒长。囚犯们没有用以执握

飞越玫瑰园

的就手之处，只能在颠簸中恐慌惊叫。有些囚犯已经跑到了狱门旁，大声呼叫：

"开门！要塌方了，放我们出去！开门！"

"法律规定！"卫兵们的长官临危不乱，神气十足，"你们这些囚犯除非被征召和特赦，否则是不允许踏出监狱门一步的！"

在犯人和卫兵的对骂声中，庞大的玫瑰花似乎对法律毫无兴趣。看不清是根系还是枝条的巨大花枝朝监狱壁伸来。我和若眼睁睁看着玻璃的狱壁对抗着花枝。随即，玻璃狱壁出现了如蜘蛛网般细密的纹路。囚犯们发出了欢呼声，他们比我和若更敏感：狱壁开始出现了裂缝，花枝不依不饶地进行着刺突，随即发出清脆响亮的裂声：

玻璃墙壁被强悍而飞速繁殖的玫瑰花枝击穿，裂了开来。玻璃监狱被震裂了。

囚犯们发出欢呼，随即朝监狱壁涌去。正在不断扩展的裂缝处，卫兵们手握兵器开始了围堵。"回到里面去！"卫兵们用长矛恐吓着囚犯，而囚犯们则惊叫着，呼喊着，怒骂着，和卫兵们开始了彼此的推搡和殴打。"谁再敢朝监狱外走一步格杀勿论！"长官扯着嗓子喊道，但他的呼喊声随即淹没在囚犯群怒涛一般的声浪中。"要塌方了，和我们一起逃跑吧！"有囚犯喊道，而更多的囚犯则愤怒地对抗着卫兵们。在人群的对抗之外，玫瑰花旁若无人地继续扩大着裂缝，摧毁着玻璃墙壁。玻璃的特质决定了一旦被突破，便无法再保持坚硬。碎玻璃渣在不断掉落，孔洞在不断增大。我和若凝望着这庞大的花枝和其下纠纷扰扰的人群，一时产生了错觉。

"觉不觉得，像花丛下两群蚂蚁在抢食物？"我问若。
"像。"她说。

然而眼下毕竟不是研究植物体系的时刻，我和若将玉蜀黍的囚服翻了一遍，若将烧了一半的玫瑰花和纸做的百合藏在怀里。正在此时，我听见了一声喝叫：

"都停下来！停下来！！！"

我回头，看到了年轻的国王。他站到了天台上，监狱门口，卫兵与囚犯们都愣住了。国王喝道：

"天灾降临！所有的囚犯，尽行释放！立刻沿着楼梯下去，离开堡垒！生命可贵！你们不要随意浪费在这里！立刻去！出逃者通知京城卫队前来效忠救难！第一个召唤来卫队者，我将将他纳入内阁！"

在欢呼、尖叫与"国王万岁"的呼号中，人群向堡垒狭窄的走廊拥去；国王则大步向我跑来。我和若诧异地望着他，看见他向我们伸出手：

"我赦免了你们！请给我你们的玫瑰花！我只需要一点儿烟！"

来不及思索了。我和若点燃了玫瑰花。在混乱之中，并没多少人注意到我们。国王将鼻子凑近，贪婪地吸了两口，他的身体迅速变透明。"可以了。"他说，"我们一起飞吧！"

飞越玫瑰园

　　来不及多说了。我左手拉着若,右手拉着国王,彼此手握着手,助跑几步,然后用尽力气,跳了起来。天气的阴沉不妨碍风的强度,在城堡顶端的监狱,风一向很大。那刚吹散了玉蜀黍的大风,将我和若托了起来,我在空中竭力调整自己的位置,拉着若,也拉着国王,避免撞上生满倒刺的巨大玫瑰花枝——每根玫瑰花枝都比我要粗壮,正仿佛章鱼一样,在绞杀堡垒。我们对这玫瑰心存感激,而犯人及卫兵们则瞠目结舌地看着飞翔的我们。我、若与国王凌驾于城堡之上,阴云之下。

　　"可以放开我了!"国王大声道,"三个人一起飞,容易被挂到!放开我!你们自己小心!"

　　"好的!"我吼道。我放开了右手,看着国王独自向一边飞去,若则回过身来,在空中抱住了我。

　　"我爱你,若。我们自由了!"我大声地喊着。大风吹得我睁不开眼,我只能依稀看到若用力地点了点头,同样喊了声什么。语言无关紧要,我们互相拥抱着,有那么一会儿沉湎于自由的快感而忘记了调整飞行的姿态。我们被风吹出了一段距离。我们低下头来,可以看到脚下的大地:

　　城堡四周,原本是河流的那片淤泥池,如今生满了高可齐城堡的玫瑰花枝。这强悍的藤蔓像巨人的手臂、像凶恶的群蟒,紧缠着城堡,开始撼动这庄严的石兽。那些在城堡顶端盛开的巨大玫瑰花像怒号的蟒蛇之头。城堡脚下,军人们正竭力地用武器对玫瑰花的庞大根系进行砍扎破坏甚至火烧等工作，但强悍雄伟的玫瑰花枝对此不屑一顾，继续生长。我注意到吊桥已被玫瑰花枝劈碎，而城堡的门和窗均被带刺的花枝密密麻麻地撑满。首都的百姓们聚在街巷里，惊讶地抬头观望着他们领袖的宫殿遭遇灭顶之灾。

我和若飘得更远了一点儿——地面上的人们也许将我们当作灰羽鸟，对我们的存在置若罔顾——凝视着困兽犹斗的城堡。城堡顶端的监狱不断发出巨大的粉碎声，卫兵和犯人们像在扁舟之上的逃亡者一样惊慌地呼喊。城堡的窗户被不断打开，但花刺和藤枝毫不留情地寻找着任何空隙予以侵略。我几乎已能听到堡垒被勒断骨头的声音。大风吹动着玫瑰花枝那大象耳朵似的叶子，殷红的花瓣那巨大的阴影下，毁灭正在进行。

"居然能长得这么大。"若惊叹道，"比镇上的玫瑰园要庞大太多了。"

"也许，"我说，"因为那些泥淖与沼泽里，埋葬着这个首都的男人们，埋葬着这个城市的灵魂。他们死去了，但他们的仇恨一直积累在那里。玫瑰花种子可以唤起沙地，也可以唤起沼泽。"

"这算是，玫瑰花与首都的灵魂，在施行报复吗？"若问。

"我们就这么想好了。"我说。

某一条花枝横向嵌入了城堡之中，墙壁被劈裂，砖瓦飞开。我听到了一声尖叫。我们回过头来，看见了国王：他显然还没习惯飞翔。

"救他吗？"我问。

"你说呢?"

我们用尽全力朝那个方向飘去。通过调整重心,我躲避过了花刺和枝干蛮不讲理的缠绕,逼近了那方碎裂的城堡壁。

"谢谢你!"国王吼道,"谢谢!"

我踩在一片巨大的玫瑰叶上,对他伸出手去。国王伸出汗湿的手,紧紧抓住了我的手腕。我喝令他握紧,随即脚蹬玫瑰叶,希图飘开。一根花枝倏然扫落。我奋力将国王向旁边甩开,自己向斜下滑翔,躲开了花枝。若正从高空飞下,希望能够帮助我一下。我听到背后的轰鸣声,忍不住回头望去:花枝已经从各个角度嵌入了堡垒,就像蟒蛇的缠绕扣入了石柱一样。堡垒中响起了无数奇怪的吼声、惊叫声、哭泣声、呼喊声,配上石块轰鸣坠落的声音。我躲避着飞落的石块,看到城堡的一些洞窟中有人和动物开始绝望地跳了出来,他们有些被花枝绊住,随即淹没在花枝的海洋里,有些则笔直地摔进了淤泥池中。

"那些是被首相阉割的野兽。"国王在空中转向,惊魂未定地朝我们移来,但目光灼灼,煞是兴奋。在习惯了飞行、克服了最初的恐慌后,他一面不断地缩头闪肩,躲避着飞扬的石块,一面用幸灾乐祸的口吻向我解释:"首相还在城堡里。"

我能够想象城堡中人们的痛苦:他们在熟睡中被巨大的轰鸣声震醒,随即发觉被怪兽般的植物所包围。这一事实在他们的理解之外,他们感受到了一如平静的小镇居民被如森林一般密集的战舰包围时的恐惧。从高处的城堡跳下时他们充满恐慌和绝望。那是前一夜的某些刹那，我曾经经历过的。

我们三人飘落到一片民居的屋顶，我们一起观望着城堡的崩溃：在巨大的尘烟、轰鸣声、爆破声中，巍峨高大的城堡在经历缓慢死去的过程。在泥淖中还在不依不饶地伸出的巨大的枝条，像要把城堡拖入地狱一样紧紧纠缠。在城堡的顶端，巨大的花朵像太阳一样绚烂地盛开。

"真是美丽。我原先以为只有旋花科的植物才能做这样的缠绕式生长……"年轻的国王说，"这就是传闻当中的玫瑰花吗？世界上居然有如此宏伟的自然力。"

不断有军队驰援到城堡附近，但轰然坠落的巨石在阻挡着他们靠近城堡。玫瑰花在绞杀着城堡，灰烟漫天，浮在半空。胆小的居民们逃进了房屋里，从窗口继续观看着这城堡，这宫殿，这首都的图腾柱被虐待般地摧毁。巨大的玻璃碎片像冰山一样飞落，雷霆一样的声音不断轰击着我们的耳朵。国王对我们转过头来。

"谢谢你。"他说，并把同样的话对若重复了一遍。站在屋顶的他被风吹着，有些摇摆。我扶了他一下。

"我应当感谢您赦免了我们。"我说。国王抿嘴笑了笑。

"赦免你们的事吧……"国王刚要说，应当是被朝我们指点的居民所提醒，一队卫兵朝我们这个方向跑了过来。领头的军官对我们喝问：

"请问，那可是国王陛下？"

"是我。"国王喊了一声。风有力地阻隔着他的声音，他放大嗓子又确认了一遍。

"陛下，我们需要您主持大局！"军官喊道。

"首相大人呢？"

"天降大难！"军官喊道，用手指向那正在巨响着崩溃的城堡，"一如您所见，首相大人及所有德高望重的大人都被困在了城堡之中，地面的宫门被封锁，现在军队正在陆续前来维持秩序，但是，塌方已经开始，而且不可阻止。我们希望首相大人能够平安，但看来不大可能了。我们希望您主持大局，陛下！"

国王没有开口，他只是安静地蹲下身子，像一个孩子观看一场事不关己的海啸一样，注目于城堡：在短短一刻前，被我攥住手腕的那个少年不见了。他像观看一堂教学课一样专注，带着欣赏和好奇的神情。被他注目的庞大建筑物则继续无助地沉沦。

我和若并肩望着这座象征过王权、自由、禁锢的庞大堡垒，最后被奇怪的自然力征服。工匠们打造的石头躯体正在不断地湮灭，陷入泥淖和植物的包围之中。在缓慢的下陷崩塌之后，终于出现了巨大的一声轰鸣。城堡达到了某个临界点，像脊梁骨折断的巨人一样崩溃了。仿佛完成了任务，玫瑰花枝停止了生长和纠结，转而缓慢地垂了下来。在城堡周围的军队躲避着碎石继续的飞击。

直到这时，国王才站起身来。

"确认一下。"他对军人们说，"确认一下首相大人及各位大臣的下落。活要见人，死要见尸。第一个发现首相或其他大臣遗体的长官……将会继任他们的职位。"

军队立刻出动了。升官发财比忠诚更有诱惑力。国王转过身来，看着我。

"他们几个老的，要活下来，大概不容易吧。"国王微笑着，阳光落在他脸上，他忽然又像个天真无邪的少年了，"我可是猜到，堡垒那么拥挤，突发状况时人们那么恐慌。堵塞首相逃难之路，最好的方式，大概就是这样。"

我和若不知道该说什么。骑兵部队赶回来了：

"陛下！首相大人和诸位大臣已经确认被困在城堡中了。他们以身殉职，我们恳请陛下主持大局。"

"确实,他们都为了国家殉职了吗?"国王用一种很奇怪的声音问。
"是的。"

所有的目光都在注视着这年轻的君王,我和若在背后看着他。国王仰起头来,呼吸了一下。浓重的沙雾正在降落,笼罩首都上空的阴云渐次散开。国王伸出手指,指着出现在东方的旭日。那宏伟的金色威加海内,识趣地扑满了整个首都。国王发出了笑声。

"在发布命令之前,"国王说,"首先你们必须确认国家的第一,也是永远不会再更变的法令:国家政府的最高统辖权、立法权和指挥权,全部,完全,彻底地,归于我,即国家的君王所有。任何形式的分权都视为篡逆,格杀勿论。"

他的话语像抛落海面的陨石一样,激起巨大的回音。
"是,陛下万岁!"
国王又回过头,看看我们。
"谢谢你们。我这句话是真心诚意的。"
"所以,"若说,"赦免我们,赦免其他囚犯,是为了让他们向下奔逃、引发混乱、堵塞堡垒中的人逃生之路,让首相死在废墟之中;而您则从天台,借我们的力量,一起飞走。现在,您成了国家唯一的掌权者——我这么理解,对吗?"

国王看着我们,好一会儿,他轻声说:

"我用父亲的头颅向你们起过誓。努力为你们争取自由,就像为我自己争取自由那样。我从一开始就说,我希望你们不要质疑我的真诚。我也确实对你们回以真诚。从结果来看,我兑现了我的诺言。"

若点了点头,不再说话。

我们俩判断了一下风向,用脚蹬了一下我们脚下的屋顶。我们飞了起来。在辨认方向后,我们将身体前倾,然后飘然落地。

"他终于成为国王。"若说。她依然忍不住回过头去,观望着那屋顶。已经有军人殷勤地搬来了梯子,供国王扶以下地。在军人们的维护下,国王脚踩着一个跪地军人的背,翻上了马鞍。在士兵们的簇拥下,国王朝宫殿前进。

"他不是一直是国王吗?"

"不,"若说,"直到这时,他才真的是国王。"

"也许我们在经历历史。"我说,拉住了她的手。若用另一只手拂开遮住眼睛的长发。天空湛蓝,阳光让云影投于密林之上。

事实上,我们创造了历史……而处身于历史的进程之中,我们并不能确切地得知自己的身份。唯一确定的感觉便是:我们的身体真的很轻……阳光和蓝天的出现可以让人心情疏朗,而我忽然就厌倦了飞翔,确切地说,是厌倦了轻若无物的感觉。我需要确认一些什么。我用力握了一下若。在监狱之外,我依然习惯性地确认着她的存在。她转过头,对我笑了一笑。

"飞回去,还是走回去?"走到首都的城门边时,若问道。她的口吻像只飞鸟一样自在。

我没有来得及回答,因为我看到了城门旁一个孩子靠墙而立,等着阳光落在她脸上。若顺着我的目光看到了那个孩子,她欢叫了一声,朝那个孩子跑去。孩子抬起头看着,随即认出了我们。

"哥哥,姐姐!"百合花喊道,她的声音有些哑。若抱住了她。
"哥哥,姐姐,"百合花说,"你们看到我的爸爸了吗?"

"说来话长。"我说,"嗯,你愿意跟我们一起走吗?"
"去哪里?"
"一个海边的镇子。"我说。
"嗯,可以。可是,你们可以先告诉我,我的爸爸在哪儿吗?"
"路上会告诉你的。"若说。

在步出城门后,我望了一眼蓝天。有那么一会儿,我想到了某个叙述中的情景……玉蜀黍和他引领的首都军队去迎战浩浩荡荡的敌军,而后所有人死亡无一生还。对于首领而言,那是一场棋局。而对于这个城市而言,某个棋局的计算,便是命运。我开始想象泥淖深处的玫瑰花、堡垒尘埃下的首相和众人、死亡的野兽、监狱的碎片，以及被掩埋的人们。历史翻过一页，他们便不再被想起——至少不再会被国王想起。

也许国王此时，正在想到他的玻璃瓶，以及白蚁。

第三部
夏之午间

紫色的烟雾四散,我和若闭着气不断逃避着紫烟的追赶。花朵和火焰相得益彰地拥抱缠绕着,在夏季午后的阳光下看来,玫瑰园的火焰堪称辉煌。

故乡 之一

再次从远方看到镇子时,我心潮澎湃。若则抚摸着百合花的头,告诉她前路已经不远。她的安慰,让小百合花笑逐颜开:自首都一路走来,她的脚已经酸痛不堪。刚离开首都的一段日子里,我和若偶尔飞翔,然而我与若都没掌握载人飞行的技术——说到底,我们并没有翅膀,飞翔也只是仗着自己轻罢了。

"我们急什么呢?"若有一天说,"我们现在自由了呀。"

意识到这一点后,我顿感如脱网之鸟,离钩之鱼。是啊,我们自由啦。我们不急着回家乡去。我们可以慢悠悠地,像个地道旅行者那样步行回故乡。时近夏天,我们三人在山林茂密的所在露宿,无须担心感冒风寒。唯一困扰我的,也不过是些奇怪植物会让我过敏,偶尔喷嚏不止,或者全身发痒。

百合花身边存着的一些硬币,能为我们购得饮食;沿途的若干农家,偶尔也肯善意地留宿。初夏的阳光温润柔和,像绘画中牧羊女经常沐浴着的姿态。路旁蜿蜒不尽的香子兰树丛洋溢着爽朗的味道,我们三人踏着草地步行,鸟群以翼拍击着坠落的光线,从我们头顶掠过。

看到镇子出现在地平线的刹那,我居然觉得全身发软。我和若沿着我们走熟了的路径,朝镇子走去,但我们没来得及慢慢观看风景——在镇子入口的大路上,一个男人坐在石头上,抬起头来。

"爸爸！"我喊道。

父亲将我狠狠揽入怀中，他的衣服上带有久违的木屑味道，令我鼻子发痒。从父亲的肩侧，我看到若和百合花微笑着，蹑足走到我父亲背后，望着我做了个鬼脸。随即，我看见一个粉红色的圆球沿着遍地绿草，朝我这里滚了过来。阳光下，这粉红色的东西活像沾满了黄油的糖球。

噢，是凤尾鱼。

"你怎么会在这里等我呢？你知道我们会回来？"我问道，凤尾鱼坐在我肩上，狐假虎威地左顾右盼，百合花则无限好奇地看着它，偶尔怯生生地伸手去，按那圆粗的猪鼻子。我们一行人走在小路上，蝴蝶和灰羽鸟落满左右的花圃。

"前几天有邮车来过了，"父亲解释说，"传达了一些新的命令和旨意。似乎首都发生了一些改变。命令上还提到了一部分罪犯被赦免，你和若的名字包括其中。我知道你们一定会回来，于是便开始每天在镇口等待。"

"我的爸爸呢？"若问。

"他……有一些事在忙着。"我的父亲说。若点了点头，不再开口。

我们绕远路，从海滩回家。海潮的汹涌之声在我耳畔回荡。记忆中关于这片海滩的意象，犹如剪碎的画集一样交织穿插。我不知道该如

飞越玫瑰园

何描述:我现在知道了这片海滩的其他历史。军队的长矛、竖琴的曲调、银色的月光、玫瑰花海、我和若的吻与初遇、少年时刻的黄昏。玫瑰的死去,玉蜀黍当时曾如何扑倒了后来的首相。他们现在都死去了,死去了。碎波如镜,而记忆在每片波浪中闪光。我抬手抚了一下凤尾鱼的鼻子。它不甘示弱,用鼻子拱了拱我的耳朵。

穿过香子兰树丛,温暖的光线被树丛隔开。我们在斑马般的光线丛中前进,脚下踩着细软的沙子。我注意到父亲的白发,我咽喉深处感到了苦涩,就像是嘴附在监狱的水槽旁吞饮水——监狱也已经粉碎了,但它依然存在于我的记忆中。父亲则对百合花宠爱有加,不断地俯低身子,对她问这问那。

树丛的尽头过了,我的眼前豁然一亮。我看到了玫瑰园。

确切而言,这已不是玫瑰园,而是玫瑰林……我被这一发现震呆在了原地,因为我确实无疑地,再次目睹了那壮阔的花海,在沙滩上蔓延的玫瑰丛。我相信若和我一样,立刻下意识地回想起了我们在首都目睹的玫瑰:那摧毁城堡的恐怖力量。在监狱的梦中经常出现的玫瑰园,又一次与大海并肩,在我眼前呈现。

最重要的是:此时此刻,玫瑰园周围,那镇长当年制定无数法令,建立起的高耸入云的篱笆,已经无影无踪。玫瑰园向四周伸展着枝杈和花朵,自由自在地兀立在海边的大地上。

"篱笆……篱笆去哪儿了?"我问父亲,父亲朝玫瑰园瞥了一眼。

"拆除了。"父亲说。

"这也是首都驰来的命令吗?"

"是的。"

我们离玫瑰园越来越近,我看清了辣椒曾经匍匐死去的地方,灌木丛和树林依然如故,有居民们正在玫瑰园旁边走过,随手采下玫瑰花,或者用刀砍下玫瑰花枝,就像剪裁野草一样随意。似乎这奇特的玫瑰花,这曾经的秘密,已经成为随处可见的郊野花卉。

我和若当初郑而重之如呵珍宝一般保存下来的玫瑰花瓣,如今仿佛已经成了最平常的花朵。这种感觉很奇怪。我不知道自己该欢欣还是悲哀:这就像你用生命维护着一块黄金到达某片大陆,却发觉那里的人把黄金当作土壤一样普通。

"首都……还有什么命令?"我问道。

"后天,"父亲简洁地说,"召开审判大会。"

"审判?"若开口问道,对于这个词的敏感度,她并不在我之下。

"审,判。"父亲说。

审判 之一

世界上最快的并不是飞翔。人类适应与转变的速度,永远快过你的预期。我坐在海边的树上,握着若的手,扶着百合花——她已经代替我,成了凤尾鱼最好的朋友。在我离开这段时间,凤尾鱼变瘦了些;但它此刻,俨然要维护猪的尊严似的,用鼻子和嘴回敬对它的爱抚——我们望着远方的玫瑰园,监狱的感觉好像还不远,我偶尔醒来时还会诧异自己居然回到了镇上自家的床铺。但我已经看习惯了玫瑰园:

我还是习惯称它为玫瑰园,虽然去掉篱笆的那片花丛究竟是否有资格被称为"园",我不得而知。

当长久企图破解的禁锢忽然消失之后,自由很容易让你放任过度……我和若失去自由的这段时间,镇上出现了许多陌生的面孔,在首都的命令驰发之后,地动山摇的改革进行着。灰羽鸟会在帝国掌权后集体离开首都,而人们比灰羽鸟更敏锐也更聪明。关于玫瑰花的秘密不胫而走,人们在玫瑰花丛旁边好奇地摘下玫瑰花,然后三五成群地——就像旅游者享用风景胜地的温泉和烟草似的——点燃,吸取,然后:

"哎,你变透明了啊!"

"你也是!"

第三部 夏之午间

所以,我和若来到审判现场时,我们已经习惯了看到小镇上空,有些人在自得其乐地飞翔。以前,飞翔与玫瑰花一样是被禁止的;此刻,飞翔成了新的时尚:任何一种自由的态势,都能够立刻获得新的追捧。

我的父亲从桐木公告板上,抄来一份首都的新政府令。有些举措,我与若已经料到:废除首相职位、内阁成员由国王亲自指定、地方武装长官由国王任命,等等。还有一些新的举措。比如:号召年轻人学习军事理论和先进科学技术、盘查曾经代表旧政府为虎作伥之徒。以及推广玫瑰花的种植。

"自由的国家领导自由的人们!!"父亲没有漏掉这最后两个感叹号,于是我和若开始想象:年轻的国王如何签发这份旨意。那个对医学、军事理论、政治理论似乎很有兴趣的年轻人,终于拥有权力了,他就是这样运用的。

审判那天上午,我们随着人群来到镇政府门前。人群水泄不通。街道两侧房顶,都有居民们趴着下望。镇政府门前,立起了一个唱戏似的舞台。年轻居民们在等待时唱着歌,讥讽每个被绑缚在台上,等候审判的罪犯——镇长大人作为罪犯,一身灰袍,坐在中间。

我对此深感惊讶。许多年长的人,都假装不记得,其实知道他曾是帝国的缔造者,是杀人无数的战犯。而我和若更知道,他是当今国王的父亲。

夏季午间的阳光,令所有的囚犯汗流浃背,曾经在镇长身边为他怀抱红色本子的秘书无法抵抗炎热,扑通一声栽倒在舞台上。有年轻军人向他的太阳穴洒海水:这些军人如今效忠于另一个人了。无聊的青年们爬上了镇政府的屋顶,大声叫嚷。

"嚯,那不是镇长大人吗?"促狭的声音喊道,"这会儿您也触犯了自己制定的法律啦?"

"那个秘书先生您好啊,您是打算自己宣布自己的罪状吗?"

"用砖头打即将被审判的镇长触犯哪条法律吗?"

"要不我们来给镇长唱个歌吧!"

"镇长大人,我承认我错啦!我从玫瑰园里采了好多玫瑰花,您看,我这样插满脑袋花哨不花哨?您快点儿来判我的罪吧!"

镇长从头到尾没有说话,他紧抿着嘴,沉肃的风度,使我可以想象到当年他踏上海岸时,令所有的居民震怖的军人气质。一些吸过玫瑰花烟雾的身轻如燕的少年,从镇政府的屋顶向对面的屋顶跳跃,像风筝一样飘来飘去。一个少年在空中飘行时,将一丛摘去了花朵的花束,朝镇长的脑袋扔了过去,花刺扎在镇长的脑袋上,引发了群众的欢笑声。而镇长则努力地歪过头,用频频侧动的脑袋将花束甩到了一边。他依然保持着庄严的风度,对人们的嘲弄和鄙夷目不斜视。

充当审判者的新政府法官姗姗来迟,在踏上审判台的时候,他把嘴里咀嚼的水果用牙齿挤碎,把核朝台下吐了出去。人们稍微安静了一点儿。在法官朗读并确认罪犯的姓名时,人们偶尔欢呼微笑,但到了后来就显得有些腻了。对面屋顶上吹笛子的少年有那么一会儿吸引了大家的注意。于是大家置法官于不顾,开始朝那边喝彩。

审判的程序执行得相当无聊。法官召唤证人上台,而包括辣椒的父亲在内的证人们,无不显得很紧张。辣椒的父亲走上台时,将帽子摘在手里,半低着头,腿肚发抖。好像他不是一个申诉的证人,而是一个罪犯。法官为了活跃气氛朝他开玩笑:

"萝卜先生,您是否需要去上一下厕所再来?"

"不,先生。"辣椒的父亲一本正经地说,"我来之前已经去过好几趟了。"

这个插曲使群众开始欢笑,而被审判者——除了镇长先生外——无不神色不定地转着脑袋。在——陈述镇长滥用职权、擅定法律、禁锢言论自由、独裁专制等罪名时,证人们都显得期期艾艾。年轻的法官一开始事无巨细地问个清楚,但到了后来也开始显现出疲倦的神情。随后,每个证人陈述完毕后,年轻的法官便简单地点头,挥手让他下台,随即让下面排队的证人继续排队而进。

枯燥的审判仪式令所有的居民昏昏欲睡,年轻的人们依仗着吸过玫瑰花的烟雾而得意地飞翔,表演华美的滑翔特技,像鸟儿一样在头顶飘来飘去，有一个大胆的男孩儿甚至用一个超低空滑翔擦着镇长的脑袋越过，赢得了满堂彩。但那也只是回光返照。因为审判的过程极其烦琐无聊。而镇长本人缺乏任何反应。如果他大哭两声或者大笑两声也许大家会更感兴趣，但事实上，他只是保持着某种带有高贵意味的缄默。

就像猫戏耍一只老鼠，而老鼠一动不动，一言不发一样。

初夏的午后，阳光并不总令人舒适。在光照延续时间不断加长之后，人们开始烦闷地发出嗡嗡声。法官终于问完了最后一个证人，他走到罪犯们面前，低下头问道：

"你们，有什么需要为自己辩护的吗？"

"我有！"几乎所有的罪犯都张口喊了出来，唯有镇长一言不发地望向远方。我忍不住顺着他的视线朝他所望的方向看去，凤尾鱼也学着我转过头：他正凝望着海滩。按照我父亲的描述，那是玫瑰死去的地方。

法官似乎对这么多人要求自我辩解始料不及。在察觉到围观的群众已经产生怨言之后，他简单地挥了一下手。"在蹲监狱期间，你们尽可以花时间去准备你们的抗辩词，现在你们都下去吧……而前任镇长先生您，"法官说，将语调放得非常慢，"按照证人对您的陈述，以及现行的新法律，我们决定，判您……"

他停住了,希望看到镇长改变神色,然后他失望了。

"……绞刑。"他将没有说完的话说完了,似乎连自己也觉得尴尬。

我感觉到自己的手被若的手指捏疼了。

事先安排好的绞刑架在审判台上立了起来,而镇长从容不迫地站起身,走到绞刑架旁。他甚至很配合,这使戴着面罩的执刑人手足无措。镇长用对绞刑架极其专业及熟悉的动作让绳索套上了自己的脖子。他的身体站得笔直,像一杆标枪一样。法官呆呆地看着他,似乎未曾料想到这个老男人会如此镇定自若。飞厌了的青年们坐在房屋上,像休憩的鸟儿一样观看着。

"执行。"法官说。

审判台上站脚的木板忽然下陷,而镇长先生被绞索悬在了空中。过了一会儿,他便死去了。群众默默地看罢之后,便开始无聊地退场。我和若看着这一幕,久久地发呆,直到我的父亲拉我的手。

新来的政府工作人员还在做着一些后续工作,一如舞台剧散场之后的善后。我看到罗望子扶着他的老父离开,他的父亲神不守舍,似乎回到了辣椒死去的那天夜晚。罗望子对我使了个眼色,并指了一下远方的香子兰树丛。

那天下午我来到了香子兰树丛中时,罗望子正在那里等我,他脚边搁着个刷成橙色的木箱。如前所述,那是他收藏物品的秘密花园。他默默无语地打开箱子,从锈了的大头钉、布满铅笔字数学公式的练习本、蝴蝶的翅膀、泛着黄昏天空般色泽的珍珠项链、断了半截的蓝色蜡笔、订书机、鱼头骨制成的镊子、合欢花的花瓣、风筝的线轴之中,掏出一本红色封皮本。

"今天早上,"罗望子说,"我从镇长大人的抽屉中连带镇长大人的墨水瓶、镇纸和锡酒杯一起拿走的。"

我和若翻开手册,看到了那些笔迹。有日记,有制定的更新的法律,有死亡记录和税款缴纳,等等。在扉页上有一个铅笔画像,那是一个孩子的头像,有几分像是如今的国王。在第四十七页"居民死亡记录"那一页上,死亡原因列为"吸烟飞腾为白云(本地观感,科学性待考)"之上,最后一个名字就是:番红花。手指沿着手册的线向上划去,我看到这条死亡原因下列名的第一个人,就是玉蜀黍。

"他确实死去了。"我庄重地指着玉蜀黍的名字说,"我可以作证。"

"拿它怎么办呢?"罗望子问,"我不想看到这东西,每当我想到我的兄弟就死于这个本子上所记载的法律之下,我就会感到哀伤。"

我和若点起了火,随即将本子扔入火中。我们凝望着这记载着历史的本子在火中慢慢卷曲变黑,片段性地,随即不可阻挡地变成飞灰。凤尾鱼好奇地绕着火堆转了两圈,百合花好心地将它抱开,以免它被燎成烤猪。

故乡 之二

在篱笆被拆除之后,玫瑰园成为游客趋之若鹜的场所。国王陛下说,自由的时代人们拥有旅游的权利,这使得我和若每天上街都会看到新的面孔。新的镇政府由首都指定的年轻人组成,他们大胆开拓,营造新的建筑,接纳新的居民,而且提倡人们去游历玫瑰园。吸玫瑰花产生的烟雾成为一种时尚潮流。我和若每天都需要在鞋子里塞上一些草叶,以保证我们不会轻易地离地而起。但周围的年轻人似乎不这么想,他们自由自在地飞翔,从一个房顶跳到另一个房顶,从这棵树的枝头跳到另一棵树的枝头。"自由的国家生活着自由的人民!"他们在树上和房顶上高喊着,当年老的居民们出来表示抗议时,他们就飞速地飘走,留下一串串笑声。

传教士、套着马车的富翁、卖彩色玻璃的商人、花卉工匠、摄影家、妓女，我们的街衢充满了这些新的角色。凤尾鱼常用困惑不解的目光打量这些新来的人，而且还为他们身上浓郁的异味——香水、花粉、体味——而大打喷嚏。显然它为这些人可能对猪肉很感兴趣这一点感到恐慌。我的父亲闭门不出，专心地从事他的雕刻。

我和若去看望了藏红花和龙舌兰夫妇。我告诉了他们关于玉蜀黍的一切。夫妇俩神色平静地听完了我的叙述，彼此不吭一声。

"还是要谢谢您给我的花瓣。"我说，"但那到底是怎么来的？"

"当初玫瑰在婚礼上死去时，玉蜀黍从半空抛下了一朵玫瑰花。"藏红花大爷说，"大家赶着去关心她的生死时，我暗地里捡走了它，藏了起来。大概，镇长以为那朵玫瑰花被践踏烂了吧，没有追究。"

当然，到这个年代，玫瑰花也已经不稀罕了。

自由的政府提倡年轻的思绪，而飞翔则是最为自由最为年轻的选择。享受着自由的法律，可以无拘无束飞翔的青年们每天在镇上飞檐走壁，跳舞并且歌唱。"这是新的时代。"我听见有人这么说，"没有什么是不可能的。我们跨出了人类史上的一大步，我们将创造新的奇迹，一整个新的世界在等待我们。"

诗人、画家和演说家出现在镇上，随之而来的是富翁和慈善家。富翁许诺着要给镇上带来平整的柏油道路、植物、牧场和机械工厂，诗人们则讴歌着这可以飞翔的时代，为每天歌唱的青年们提供歌词和谱子。

第三部　夏之午间

画家和演说家则勾画着镇子的未来蓝图，他们接受慈善家的授意，画了一幅幅巨大的海报。镇子的居民们发现自己的街道被海报装点得五光十色，于是便兴致盎然地开始观看。那些绚烂的图画用大幅的颜料泼洒着镇子的未来。每当在海报中看到自己未来的影子时，人们便兴高采烈。

我和若坐在树上，一边看着镇上，一边望着玫瑰园。

"总是感觉很奇怪。"我说。

"这个世界本来就是这样。"若说，"你会觉得奇怪，是因为你原先理想的世界压根儿不符合实际。"

相对于死去的镇长先生——他的尸体被抛在海里——玫瑰也许是幸运的。那死去的美女在水晶棺里未曾遭到什么破坏，一方面是进到玫瑰园深处的人偏少，一方面也许是因为她的美貌慑服了试图对她不敬的人。总而言之，她还平静地沉睡在自己的棺木里，散落的玫瑰铺满她的棺材。大多数的年轻人，无意鉴赏她的美貌。

"因为这是他们的时代。"若说，"主宰时代的年轻人，不会在意一些死去的东西的。"

这的确是他们的时代……我和若拉着百合花在街上行走时，可以看到年轻的人们围在一起跳舞。他们的身体都很轻盈，夏季的阳光洒在他们身上,明媚亮丽。他们像透明晶亮的玻璃,前程似锦。他们穿着花朵般绚烂的衣服,彼此手握着手,拍掌,唱歌,像蝴蝶一样彼此穿插着。

"自由,年轻!"他们喊道,"让我们忘记那些腐朽的老化的过去,让我们跳舞。"

在整齐的舞步和伴奏的琴声中,我和若从他们身旁绕了过去。跳舞的人们拍打着手掌,开始向上升去。他们如阳光一般黄金之色的年华在欢歌与舞蹈中度过,而大地的重力也无法限制他们的快乐。他们像花环一样飘在天空中,在阳光下愈加明亮夺目。他们是玲珑剔透的水晶。我和若从他们脚下的大地踏过,他们的影子像树叶一样在我脸上闪过。

似乎是不甘落后,另一群唱诗的青年也拔地而起,像一群飞鸟一样整齐地朝天上升去。随即是演说的青年群、唱歌的青年群……我和若抬起头来,看到蓝天成为陪衬的背景,而那些鲜衣年少的青年成为主角。他们像白昼的行星,占据了天空的舞台。他们是最为耀眼夺目的星辰,而那些趴在窗棂上眼望他们出神的年长居民则像石头和羊群一样沉默。

我和若小心翼翼地踩着大地向前走着,屋檐的阴影和飞行者们的投影,为我们剪裁着落地的阳光。我想到了在首都那逃命时刻的飞翔,我挟带着国王飞翔时他的兴奋之色。如今,与年轻的国王一样,年轻的人们发觉了自由和飞翔的可贵,他们推想出一个无限的世界来。而我和若则像石头一样——他们是白昼的星辰，而我们则只是夜晚的石头。

我送若回家时，已是黄昏。令我意外的是，我看到了审判镇长大人的法官先生，以及随他而来的年轻随从。若的父亲正满脸苍白地将他们送出门来。法官先生从我和若身旁擦过时，望了我们一眼。

"你们也吸了玫瑰花烟，能够飞翔？"他问。

"是的。"我说。

"年轻人。"法官露出笑意，随即回过头来对若的父亲看了一眼，"也许你该学一下你的孩子。"

"嗯。"若的父亲说。

法官先生和随从们朝玫瑰园的方向走去，我无暇目送他们。回过头来，若已经从屋里出来了。她的父亲正坐在桌旁，愁容满面。若拉起了我的手，我发觉她的身体在发抖。

"怎么了？"我问。

"我的父亲，"若说，"要被遣送到首都去接受调查了。"

"为什么？"

"因为他为前镇长工作过，"若说，"新的法令已经从首都寄来了。任何年满三十五岁的人，都需要审查是否为前政府的破坏性工作出过力；新的惩罚措施即将出台。"

"这样太极端了吧……"

"还有呢。"若看着我,说,"国王规定,帝国的所有新居民,都要当一个新人。为了表现出新时代精神,每个人都必须吸取玫瑰花的烟雾,然后飞起。脚留在大地上的人们,都将被视为不配合新的法令。"

我和若坐在我的父亲曾经坐过的树上,望着夜晚的玫瑰园。月亮升起的时刻,海潮的声音有节奏地起伏着。风击散了月亮的倒影,使月幻化出万千影子。夜晚的星辰在乌蓝的天壁凝固不动。远处的镇上,还传来风琴声和年轻人的歌声。

我慢慢地整理着思绪——我直到这时,才慢慢看清楚事实的真相,抑或是命运的真相。晴朗的夜晚,天穹的阴影偶尔闪现一下,星辰如阳光下碎裂的玻璃监狱一样熠熠生辉。我想到了玉蜀黍,想到辣椒,想到我们为了争夺飞翔和自由所做的一切努力,想到了国王,想到了那些死去的记忆和故事。我微微打了个寒噤,伸出手去寻找若。她侧过头来,吻了一下我的手背。

"我有一个主意。"我说,"虽然有些极端化。"
"离开这个镇,是吗?"若问。

我回头看她,她的眼神宁静如水,看不到丝毫的激动。
"是。"我说,"我爱这个镇,我爱这里的一切,但是……"

"我明白。"她说。

于是我们再次缄默。我寻找着表述我情感的词,却发觉找不到。
"不过,"我说,"走之前,我还得做一件事情。"

夏日午间,最后的玫瑰园　终

在那个夏日上午,我和若在海边忙碌。说服我的父母和她的父母并不费事。我的朋友罗望子与他的父亲萝卜对我们的行动也并无异议。他们沉默地选择了依从,帮助我们收拾着家里的东西。

我们预备好了一艘大船,停在了海岬之侧——父亲说,当年侵略军的第一艘巡逻船来到这里时,就是停泊在那里的,花椒就在那里中箭死去——然后将大包小包的行李,不断向船上搬运。我的父亲忙起来后,还有兴致偶尔吹吹口哨,大概这让他想到了年轻时节。晴朗的一天。

从玫瑰园中将那具水晶棺材搬出来并非易事。我们选择了一条花影密布、花刺横生的秘密小径。我和若各自捧着棺材的前端和后端,走一段便需要休息一下。即使我们的步伐轻捷,我们依然觉得移动颇为为难。这一工作占据了我们上午的绝大多数时间。当我们终于将水晶棺材——上面已经裹好帆布,以免被人发觉——搬到船边时,已经疲惫不堪。我的父亲和若的父亲坐在船舷上喝茶,看着我们疲惫的样子,若的父亲朗声大笑。

"接下来的工作交给我们吧。"我的父亲说,"我知道你们还有许多活儿呢。"

我和若回到了玫瑰园旁,我们仰头望着这庞大的生命体,这足以改变一个国家政治法度的植物群,这烂漫的花海,这不断挥发着香味的诱人的丛林。玉蜀黍曾经在这片荒地上飞过,在大雨倾盆的时刻撒落一颗种子。这曾经诱惑过所有希图自由的人们的花丛,如今也已经消失了与人们的阻隔——不再有藩篱,不再有拘束。帝国四面正有无数人,遵循着法令,从四面八方涌来,希望在这里学会飞翔。

我感觉到自己的心在轻轻地跳着。

"开始吧。"若说。

夏季午后的日光,令植物的叶、茎和花朵都显得干燥,我和若围绕着玫瑰园走着,每走一段便擦燃火柴,朝叶茎茂密处扔去。最初的火苗燃起,像在和花树谈情说爱似的亲密而温柔,偶尔发出毕毕剥剥的响声。我和若开始觉得自己像在郊游。

"像在给鱼塘扔鱼食。"若说。

第三部 夏之午间

玫瑰园的范围实在太大,我们绕着玫瑰园走了半天,以为自己点了许多火头,回头看才发现成效甚慢。为了加快速度,我和若飘了起来,从上空向玫瑰园投下火种。

花枝的影子在烟云中风姿绰约,婆娑不定,而花瓣则被不断逼近的热变得扭曲,像不堪重负的羞涩美人。我和若不断地朝花丛中抛落火种,随即漾出与玫瑰花朵一样美丽的火焰。紫色的烟雾四散,我和若闭着气不断逃避着紫烟的追赶。花朵和火焰相得益彰地拥抱缠绕着,在夏季午后的阳光下看来,玫瑰园的火焰堪称辉煌。

把最后一颗火种抛下之后,我和若飞到了香子兰树上,树叶清凉的味道使汗流浃背的我们得以缓解。我们并肩观看着被点燃的玫瑰园,凤尾鱼则伏在我肩上气喘吁吁,暗示我它差点儿变成烟熏猪。

那海一样汪洋的玫瑰花在被火焰灼伤花瓣时,显得娇艳而凄美。那充满生命力的枝干抽搐着挣扎着,像躲避伤害的人类肢体。有那么一刹那,我怀疑这具有无限生长能力的玫瑰花丛是否能被烧尽,是否会像将油泼在火上一样烧之不停。但我来不及思索,因为已经有人开始朝玫瑰园这里跑来,他们拿着水桶,大喊着开始救火。而我则拉了若一把,我们离开香子兰树,朝海边飞去。

"我爱你,若。"我说。

"你就是不敢当着我爸爸的面说。"若微笑着,在空中凑近,吻了一下我的鼻子,她的发丝掠过我的脖子。

我们降落在船舷之侧时,我的父母、若的父母、萝卜和罗望子、藏红花夫妇,都聚在船舷处,凝望着远处的火海。

"你们还真干得出来。"龙舌兰喃喃地说,但她的语气里没有责备的意思。我们登上船舷,若的父亲走向桅杆,拉动帆索。

船尾没入海水的时刻,其他的大人因为忙碌了太久,都打着哈欠去船舱睡觉了。"要漂到另一片大陆,不知道要多少天,"若的父亲说,"军用地图上说,赶上好风,到第一个港口,都需要至少五天。"

我和若站在船尾,遥望着不断远去的,夏季午间,最后的玫瑰园。那里依然在泛起烂漫泛金的火焰,以及蒸腾的紫色烟雾,夏季的阳光像为之配色的颜料,金色的沙滩被照得发出银白色。蓝得发白的天空和被阳光照得深蓝的海水,则在这幅画的下方,缓和着过于浓炽的色调。

"唯一的遗憾是在白天。"若说,"如果是在夜晚点燃玫瑰园,会更加美丽吧。深蓝的天空,金红的火焰,红色的玫瑰。"

"历史不是诗歌,"我说,"也不是艺术家。我们得现实一点。"

"我们做错了吗?"若问。

第三部 夏之午间

"应当没有。"我说,"我们没有伤害谁,唯一伤害到的,也许是那些酷爱飞翔的人……我希望他们能够明白,即使是飞翔着,他们也并不自由。"

仿佛地平线一般的海面在缓慢地将陆地的影子淹没,我知道在不久之后,我们便再也望不见玫瑰园,随即消失的是火焰,是紫色的烟雾。我们在船尾多少带有怀念情感地望着那里,对于我们而言,那里只留存于记忆中了。

"世界无非由记忆构成,因为有记忆,我们才在方寸之间行走着,并仰望自由。"若说。

但我相信,她和我一样怅然若失。我们到最后,都在怀疑我们关于自由的取向。船在行驶,我在等待着夏日午间最后的玫瑰园消失在海面之上,然后,我便可以回到舱里去睡着。我会在睡梦中想象竖琴的声音,看到一个酒杯照耀月光的情景,看到一个海岸线测量员在时间中步行的身影,以及那个被挂在树上的老人,送出奇怪礼物,不小心改变了一个国度的未来,无数人的命运,以及他们的记忆。玫瑰园也许会永远不停地燃烧,也许将永远存在,但也许在某些人的记忆中,它从未存在过。我一直都没有再问起,我的长辈们如何失去了关于侵略和玫瑰园的记忆,因为我多少能够想象他们的痛楚。在另一个早晨,我也会忘记曾经脚下踏过的大陆,并且停止思考这一切经历对我而言,是幸运还是不幸。这一切的记忆会缓慢地消退,直到有一天,我们不再考虑关于自由的话题。在那时的梦境中,也许我们能像一个纯粹的欣赏者一样,回忆起某一个夏季午后,在一群少年的游戏中被点燃的,最后的玫瑰园。

END

张佳玮　2006 年 5 月 14 日初稿

2016 年 9 月 18 日定稿

后记

2006 年版：

    许多小说在其完成时，都与其构思之初的形态不同。这部小说大概可以算作一例。2005 年的夏天，我在桂林的某个山间看到了一些被竹围起的花朵。当天晚上，因为被山间的植物擦得脖子发痒导致失眠，我开始胡思乱想一个故事：有一个人种了许多花和竹子，最后竹子把花朵围了起来，使他自己无所触手。

    在第二天晚上，读卡夫卡的《城堡》时，我决定：让这个主角试图翻进竹围，然后吃些苦头。第三天晚上，我又决定：让这个主角把竹子全烧了。

    一周之后，我在阳朔看到了一种样貌奇特的蝴蝶。于是，我开始想写一个服药飞升、越墙采花的故事。现在看来，那个根本没写一行，只存在于脑子里的故事，是这部小说的雏形。

    我真动笔写这个故事时二十一岁，那是我第一次写没有任何时代与地域背景的小说。凭空创造一个世界，比起凭依于现代或者假托某个历史时期，要困难一些，一如在空白的纸上作画：你必须自己勾勒出背景、确定小说的色调和世界观来。唯一的好处是，这样的写作能够相对自由。而自由也是本小说唯一真正的主题。

神话总是存在于非工业文明时期——所以这个小说里没有工业和机械的影子。我想写一个神话故事，或者可以称为一个纯粹的幻想。在任何一个文明时期，总有一些东西是人们争执不已的焦点。比如自由，比如王权，比如禁令，比如司法和审判。一个好的讲故事者，不应当将其感情色彩过于明显地笼罩在笔下某个人物的观点上。很遗憾，我还没能做到这一点：我很难克制自己的褒贬倾向。

小时候我读《十万个为什么》时，看到了古代很多人制造飞行器结果摔死的故事。古希腊神话里有一个叫作伊卡洛斯的家伙，他拥有一对蜂蜡制作的翅膀，结果被阳光晒融了。孙悟空向菩提老祖学诸般神通，着墨最多的是所谓"爬云""腾云驾雾"以及"筋斗云"。在孙猴子那里，自由和神通最重要的特征就是可以任意飞翔。跳出三界外，不在五行中。我知道我小说里那弱智的飞行器会遭人哂笑，而以吸食玫瑰花烟使自己变轻为代价来求得飞翔的能力，也显得荒诞。本小说也质疑了飞翔这一行为本身，但诚恳地说，如果有这样的机会，我大概会毫不犹豫吧。

在这个小说中试图描述的是：柔弱与轻逸，很多时候，会被强悍与沉重压倒，但总有一些向往自由的人，会试图做消极的抵抗。自由地去领略、欣赏美，并且保留思想、记忆的权利，是本小说主

后记

角们始终拼命追求的。

　　小说的最后部分,青年们一边整齐地跳舞一边飞起,这一意象的灵感,来自于米兰·昆德拉的《笑忘书》。我相信在1968年的布拉格,类似的意象大约屡见不鲜。所谓魔幻现实主义,无非是把一些我们生活中的东西,得鱼忘筌得意忘形地变成幻想的景致。

　　比昆德拉年长一岁的魔幻现实主义大师加西亚·马尔克斯的很多小说——包括《超越爱情的永恒之死》《纸做的玫瑰花》《疯狂时期的大海》《谁弄乱了玫瑰花》——都有玫瑰花的踪迹。所以,把玫瑰花作为小说的核心道具和题目组成,姑且当作我一次胆大包天的、对马尔克斯的个人致敬吧。

张佳玮　2006年夏　于上海

飞越玫瑰园

2016年9月补记：

2005年秋，我写了本小说的前两万字，停了下来；2006年的春天，在武汉的某个夜晚，重新开始，那年5月完成。当时写完后，我如是说：

回过头来重读，我依然觉得这是个奇怪的文本。有些地方在闪烁，有些地方却很粗糙。年已二十三岁时，我发觉自己得到了一些而又失去了一些。无论如何，这是二十三岁的我写的小说。

2006—2016年，我写了许多字，出版了——虽然未必值得一提——一些书籍。但这部小说之后，唯一够篇幅的，大概只有2015年春天一气呵成的《爱情故事》。对我而言，这部小说是很特殊的存在。我既不想回头读它，又不想开始写另一部。某种意义上，这部在我二十三岁生日前两个月写完的小说，就像小说主角们的行为一样：其中藏着我的热血、野心和年少轻狂。

2016年夏秋之交，在巴黎。我再次修改这个文本时，有些地方像故地重游（毕竟是自己写的），有些地方则很陌生，还有许多地方让我脸红。我修改了一些词句，但保留了故事的原貌，因为发现我没法动摇十年前的自己。十年前刚写完本书时，我觉得很粗糙；十年后看来，依然如此。但强行改变本故事的轻狂，本故事势必不再完整。

所以就这样吧。这是一个二十三岁青年写就、三十三岁的自己看了会脸红的小说，但除了脸红，我也多少羡慕当时的自己，能全情投入，描述一些关于自由和幻想——现在看，多少有些妄想——的

后记

故事。就像每个人年长后,翻阅自己过去关于自由的想象时,多少都会脸红,然后微笑。

　　本书在过去十年,都叫作《夏日午间,最后的玫瑰园》。这个秋天,我尝试将其改名为《飞越玫瑰园》。说到底,飞翔与自由,才是本书的主题,也是自己二十三岁时矢志不渝的梦想。

张佳玮　2016年9月18日　于巴黎